穢されたレオタード姉妹
淫虐の校内調教

早瀬真人

挿絵／猫丸

KILL TIME COMMUNICATION

Contents

目次

登場人物 *Characters*

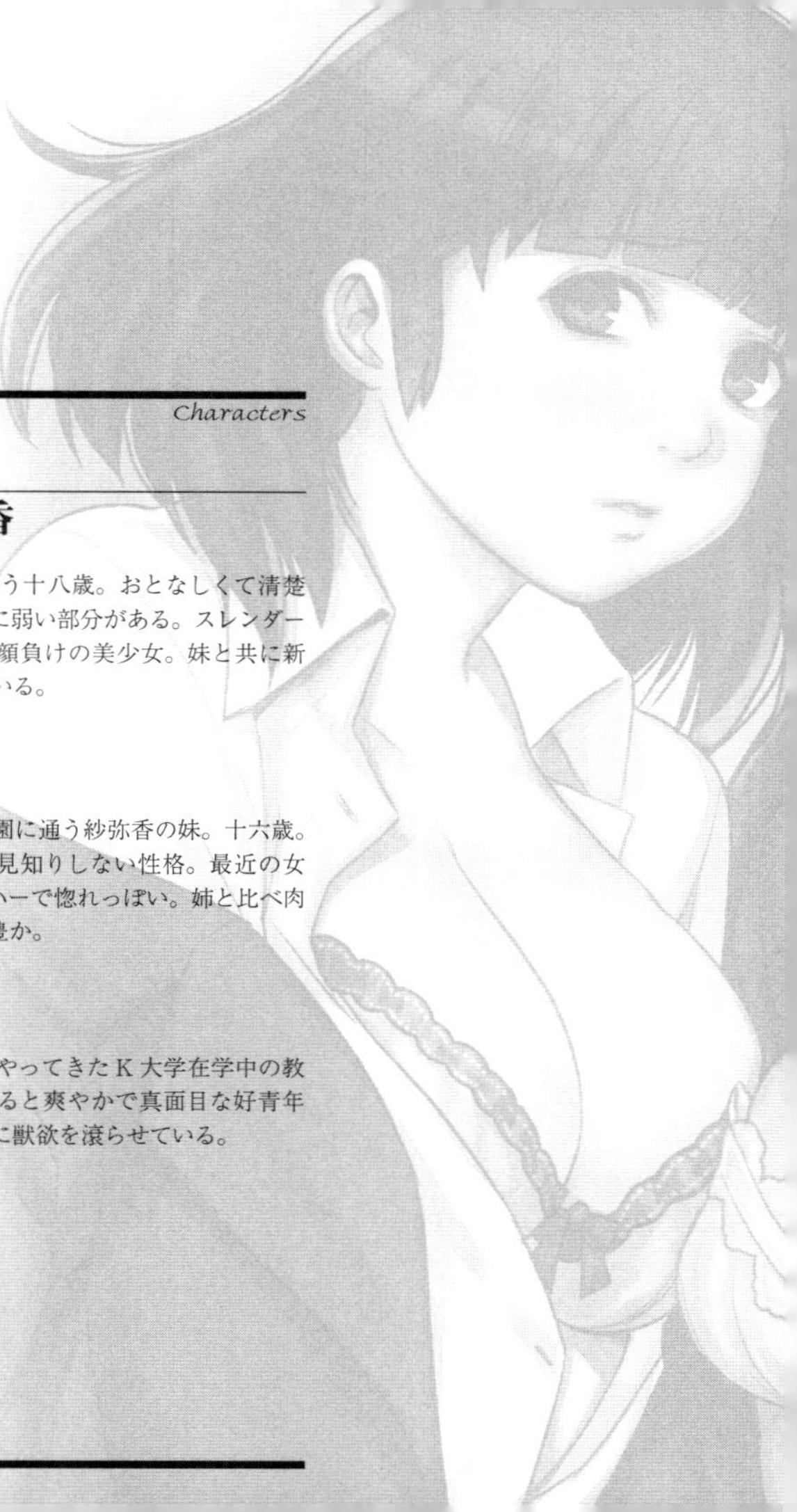

桂木 紗弥香
(かつらぎ さやか)

王銘女子学園に通う十八歳。おとなしくて清楚な性格だが、押しに弱い部分がある。スレンダーな体形でアイドル顔負けの美少女。妹と共に新体操部に所属している。

桂木 美玖
(かつらぎ みく)

同じく王銘女子学園に通う紗弥香の妹。十六歳。快活で明るく、人見知りしない性格。最近の女子高生らしくミーハーで惚れっぽい。姉と比べ肉付きが良く、胸も豊か。

槙田 真也
(まきた しんや)

紗弥香達の学園にやってきたＫ大学在学中の教育実習生。一見すると爽やかで真面目な好青年だが、内心では常に獣欲を滾らせている。

プロローグ

ピチピチした肉体、一点のシミもない肌、首筋にうっすら浮かんだ汗。

ある市営体育館で新体操の春季大会が催され、初々しい乙女らが華麗な演技を競い合っていた。

一人の少女がフロアマットに立ち、観客の目が一斉に注がれる。

軽快なクラシック音楽が流れだすや、彼女は手にしていたボールを高々と放りあげ、しなやかな身体を躍動させた。

リボンで結んだポニーテールの髪型、切れ長の目、すっと通った鼻筋、薄くも厚くもない唇。ウエストはキュッと括れていたが、太腿には適度な肉が付き、申し訳程度に膨らんだバストがふるんと揺れる。

競技用のレオタードはハイレグ仕様で、鼠蹊部にぴっちり食いこみ、恥丘の膨らみを楕円形に盛りあがらせていた。

若い男性の観客は美しい容姿に惚けるも、桂木紗弥香《かつらぎさやか》は彼らのよこしまな視線に臆することなく、ボール競技に全神経を集中させた。

（ミスは絶対に許されないわ）

手足をムチのようにしならせ、マットの上を跳ね飛び、はたまた大開脚で華やかな演技を繰り広げる。

激しい動きの連続で、バックの布地が臀裂に食いこんだ。

裾から尻たぶがはみ出ているのは自覚していたが、もちろん恥ずかしいという気持ちは微塵もない。

ここで高得点を叩きだせば、念願だった団体優勝に手が届くのだ。

三年生の紗弥香にとってはこれが最後の大会となり、是が非でも有終の美を飾りたかった。

（あと、もう少し）

演技終盤に差しかかり、緊張と不安が押し寄せる。

筋肉が強ばりだし、身体が思うように動かない。額に汗を滲ませた瞬間、母校の応援席が視界に入った。

「王銘《おうめい》女子学園新体操部　目指せ優勝！」と書かれた横断幕が、怯んだ気持ちを奮い立たせる。

紗弥香は気力を振り絞り、最後までミスすることなくフィニッシュを決めた。

割れんばかりの拍手が起こり、ホッとした表情で満面の笑みを見せる。
チームメイトの控え席に目を向ければ、妹の美玖《みく》が羨望の眼差しを向けていた。
(今度は、あなたがお姉ちゃんの代わりにこの場所に立つんだからね)
王銘に入学したばかりの新入部員に目線でエールを送り、深々と頭を下げる。
全力を出し切ったのだから、後悔は何ひとつない。達成感と満足感に浸ったものの、
このときの紗弥香はまったく気づいていなかった。
会場の片隅に佇む男が、自分に悪辣な視線を注いでいたことを……。

第一章　恥辱と愉悦の痴漢電車

1

（まったく……夜更かしばかりしてるから、起きられないのよ）

ゴールデンウィーク明けの初日、紗弥香は憮然たる面持ちで電車に乗っていた。

いくら声をかけても美玖は起きず、仕方なく一人で家をあとにしたのだが、おかげでいつもより二本も遅い電車に乗る羽目になってしまった。

妹が王銘に入学してから、同じ行為を何度繰り返してきたことか。

もう中学生ではないのだから、しっかりしてほしいものだ。

乗降扉のそばに立ち、外の景色を眺めながら春季大会の結果を思いだす。

惜しくも優勝は逃したが、やるだけのことはやったのだから悔いはない。

王銘の三年生部員は春先に引退し、夏休みまで後輩の指導に尽力する習わしになっていた。

厳しい練習から解放されるのかと思うと、ホッとした気持ちもある。

（来年には大学受験が控えてるし、夏休みからは勉強漬けの日々を送るんだわ。それはそれで、いやだけど……）

王銘女子学園新体操部、悲願の初優勝は後輩らに委ねよう。そう考えたものの、脳天気な妹の顔を思い浮かべたとたん、紗弥香は苦笑を洩らすしかなかった。

美玖の新体操への情熱はお世辞にも強いとは言えず、あの飽きっぽい性格ではとても上達するとは思えない。

（他の子たちに、期待するしかないかも）

才能のある後輩らの顔が脳裏を掠めたところで電車が乗換駅に停車し、紗弥香はガラス扉に映った光景に気色ばんだ。

ホームには、サラリーマンや学生が長蛇の列を作っている。

（また……人が乗ってくるんだわ）

ふだんどおりの電車に乗車していれば、これほどの混み具合ではないのだが……。

両足に力を込めて身構えた瞬間、後方の扉が開き、乗り降りする乗客らの足音が車内に響き渡った。

「……あ」

真後ろに立つ男性の胸が背中にドスンと当たり、凄まじいばかりの圧に恐れおのののく。肩越しに様子をうかがえば、二人の駅員が乗客らの背中を懸命に押していた。

車内はすし詰め状態になり、手足の関節がギシギシ軋む。

息をすることすらままならず、紗弥香は額に脂汗をじっとり滲ませた。

(く……苦しい)

苦悶の表情を浮かべるなか、発車ベルが鳴り響き、扉が閉まる音が聞こえてくる。

車体が動きだすと、圧力が徐々に減り、少女はようやく安堵の胸を撫で下ろした。

(もう……美玖のせいだわ)

妹が遅刻しようが関係ない。これからは、一人で通学しよう。

心の中で固く誓った直後、紗弥香はある違和感を覚えた。

ヒップに押し当てられた異物に困惑し、腰を微かによじる。おそらく、男性の股間なのではないか。

(い、いやだわ)

柔らかい逸物が次第に硬直し、気まずげに唇を噛みしめる。荒々しい息が耳にまとわりつくや、あまりの気色悪さに総身が粟立った。

王銘に入学した直後、一度だけ痴漢の被害を受けたことがある。相手は、見るからに五十路を過ぎたおじさんだった。

脂ぎった顔を目にしただけで、生理的な嫌悪から背筋が凍りついたものだ。それでも恥ずかしくて怖くて、ひと言も発せられなかった。

あのときはヒップを軽く触られただけで終わったが、不快な感覚はいまだに忘れられない。

(あんな思いは二度としたくなかったから、早い電車で通学するようにしたのに)

改めて美玖のだらしなさに憤慨するも、車両から逃げだせるわけもなく、紗弥香は悪夢の時間が過ぎ去るのを待つしかなかった。

カーブに差しかかり、後方の男が身体を預けてくる。

(あ……やっ)

腰がさらに押しつけられ、硬直の物体が臀裂にはまりこんだ。

股間の膨らみは鉄の棒と化し、男性が性的に昂奮しているのは明らかだ。眉根を寄せた少女は、ガラス扉に映った男の顔をさりげなく盗み見した。

年齢はかなり若く、ぱっと見は二十代前半に思える。前髪を垂らしているため、目元までは確認できなかったが、細面で異性にモテそうなルックスをしていた。

(スーツ着てる。社会人かな……痴漢するようには見えないけど)

車内は、身体を動かすスペースがないほどの混み具合である。痴漢するつもりはさらさらなく、不可抗力の体勢から単に生理現象を起こしただけなのかもしれない。

（だとしても……やだな）

学園のある駅まであとふたつ、ゆうに二十分はかかる。それまで紗弥香の近くにある扉は一度も開かないのだから、この状況を回避するのはほぼ不可能だと言えた。

ズボンの中心部は相変わらずヒップに押しつけられており、いやが上にも気になってしまう。

男性器の形状が布地を通してはっきりわかり、意識せずとも大きさや太さが脳裏をよぎった。

もちろん、勃起したペニスを目にした経験はない。

いずれは恋をして、彼氏に女の子の大切なものを捧げる日が来るのだろう。

ヒップに受ける感触からイメージすれば、挿入されたときに激しい痛みを感じても不思議ではないと思った。

（こんなおっきいの……絶対無理よ）

淫らな想像をしたとたん、己のはしたなさに気づき、頬を赤らめる。

自分はまだ高校生、十八歳を迎えたばかりである。異性との性的な接触は、社会人になってからでも遅くはないはずだ。

今はひたすら石になって、やり過ごすしかない。

気持ちを無理にでも落ち着けた瞬間、下腹部に再び違和感が走った。

(……えっ？)

スカートの裾がたくしあげられる感触に、目をカッと見開く。

最初は勘違いかと思ったのだが、股の付け根に近い太腿の裏側がスースーとしだし、同時に胸の鼓動が高まった。

ありえない、認めたくないという気持ちと動揺が交錯する。

指先が肌の表面をツツッと這いのぼると、今度は恐怖心に見舞われた。

(嘘……嘘よ)

怯えた視線を下方に向ければ、チェック柄の布地が右側だけずり上がっている。

男がスカートを捲っているのは厳然たる事実なのだ。

(ど、どうしよう)

恥ずかしくて、大声をあげる勇気は少しもない。

誰かが見咎めて、やめさせてくれないか。

少女の淡い期待は叶うことなく、不埒な指はとうとう股の付け根に達した。

今は両足を閉じるだけで精いっぱい。唇の端を歪めた直後、内腿の柔肉は指先の侵入を容易に受けいれた。

（……あっ⁉）

ごつごつした感触がY字ラインの中心に潜りこみ、クロッチ沿いを突き進んでいく。背筋をブルッと震わせた直後、無骨な指がスライドを開始した。

（やっ……やっ）

パンティ越しとはいえ、見知らぬ男に生まれて初めて恥芯を触られているのだ。

指腹は布地の船底を何度も往復し、肉の尖りを刺激していく。

ヒップを揺すって逃れようにも、無駄な努力にしかならず、紗弥香はただ拳を握りしめるばかりだった。

次の駅までは、あと五分ほど。降車する乗客が多ければ、この窮地から脱せられるかもしれない。

一縷の望みをかけ、破廉恥漢の暴挙にひたすら耐える。

（あ……くっ）

男は大きな動きを見せず、器用にも指だけをピストンさせた。

中指なのか、人差し指なのかはわからなかったが、抽送が繰り返されるたびに身体の芯が熱くなっていく。

全神経が一点に集中し、続いて全身の血が逆流した。

嫌悪感の合間に官能の火がポッポッとともり、断続的に襲われる快感に戸惑った。

後方に立つ男は、痴漢という卑劣な行為に手を染める輩なのである。

女性の敵であり、絶対に受けいれてはならぬ存在なのだ。

(早く……駅に着いて)

心の中で懇願したとたん、指先が頂上の尖りを爪弾いた。

(ひっ⁉)

甘美な電流が股間から脳天を突き抜け、悦楽を受ける間隔が一気に狭まる。そんな場所に性感ポイントがあろうとは露知らず、未熟な少女は激しくうろたえた。

敏感な箇所を集中的に攻められ、下腹部から力がどんどん抜け落ちていく。

知らずしらずのうちに太腿がぷるぷる震え、自身の肉体に何が起こったのか、最初はまったくわからなかった。

やがて秘園が疼きはじめ、身体の深部から熱い塊が湧きあがる。

男女の営みの際、愛液が湧出する知識は得ていたが、まさか自分がその状況に置かれているとは想像だにしなかった。

好意を抱いていた男性ならまだしも、相手は見ず知らずの無頼漢なのだ。

（ど、どうして……）

眉をたわめたところで、次の停車駅が視界に入る。

もはや、遅刻を気にしている場合ではない。

何としてでも、あこぎな男の手から逃げださなければ……。

（もう……途中下車するしかないわ）

そう決心した瞬間、電車が突然速度を落とし、身体が右方向に大きく傾いた。

反射的に足を開いてバランスをとれば、乙女のプライベートゾーンが無防備状態になる。節ばった指がパンティの裾からすべりこむと、紗弥香は心の中であっという悲鳴をあげた。

肩をビクンとわななかせるも、驚愕の声は口から出てこない。

肉唇に添えられた指先は何の抵抗もなく上すべりし、瞬時にして乙女の肉芽をとらえた。

鳥肌が立ったのは、ほんの一瞬だけ。巨大な快感が高波のごとく打ち寄せ、頭の芯が朦朧とする。指は繊細な動きを繰りだし、小さな肉粒をあやし、いらい、はたまたこねまわした。

（ひっ、ひぃぃぃぃンっ）

熱い潤みが膣内から溢れだしたことにも気づかず、無意識のうちに悦楽を享受してしまう。

やっとのことで電車が駅に停車し、後方から扉の開く音が聞こえてきた。

何人かの乗客が降り、身体にかかる圧力が減っても、指がパンティから引き抜かれる気配は少しもない。

（に、逃げなきゃ）

降車する旨を告げ、男を振り払って車外に脱出すればいいのだ。それがわかっていても、紗弥香の身体は根が生えたように動かなかった。

そうこうしているうちに、再び乗客らが車内に乗りこみ、わずかに空いていたスペースが人の波に埋もれていく。

電車が発車すると、少女は瞼の縁を涙で濡らした。

臍を噛み、自分の弱さを大いに恥じる。

真面目、おとなしい、優等生。周囲の人間は総じて高評価を与えてくれたが、今となっては、そんなものが何の役に立つのか。

非人間的な行為に対し、敢然としてノーを突きつけられる強い心がほしかった。

従順な性格を見透かされたのか、男の蛮行はさらに大胆さを増していく。

指が恥肉に戯れるたびに、後悔の念は瞬く間にピンクの靄に包まれていった。

足を開いたことから、もう一本の指が侵入し、陰核とスリットを同時に嬲られる。

(あ、あ……やぁ)

股の付け根から、くちゅくちゅと淫らな音が洩れ聞こえ、少女はこのとき初めて愛液が湧出している事実を知った。

なんと、ふしだらな女なのか。

見知らぬ男におもちゃ扱いされ、肉体は自分の意に反して快感を受けいれてしまったのだ。

大きなショックに打ちひしがれる一方、肉悦は天井知らずに上昇し、目の前がボーッと霞んだ。下腹部全体が心地いい浮遊感に包まれ、不本意ながらも初めて経験する感覚に酔いしれた。

指先がクリットに押し当てられ、グリグリと掻きくじられる。ヒップに密着した男根が、熱い脈動を繰り返す。

(あ、あぁ、だめ)

最初に感じたときとは、次元の違う恐怖心が襲いかかる。

ひどい仕打ちを受けているのに、なぜ快感を得ているのか。そしてこのあと、自分はどうなってしまうのか。

肉体の中心で生じた悦楽の風船玉は膨張しつづけ、全身の毛穴が一斉に開く。

（こ、こわい）

傍若無人の振る舞いにただ俯くなか、指の動きはますます苛烈さを帯びていった。今では電車の小刻みな振動さえ、快楽に拍車をかけている。

敏感な肉芽をクニクニとくじられた瞬間、あえかな腰がぶるっと震えた。

（ひ、ぅンっ！）

青白い稲妻が脳天を貫き、肌がねっとり汗ばむ。肉悦の高波が怒濤のごとく打ち寄せ、理性とモラルを一気に呑みこんでいく。

（あ、ン、ンぅぅっ）

初心《うぶ》な少女は熱い溜め息をこぼし、初めての絶頂体験に意識を遠のかせた。

ガラス扉に身を預けたところで電車が減速しはじめ、見慣れた風景が視界に入る。

（しっかり……しなきゃ）

次の駅では目の前の扉が開くのだから、この体勢のまま突っ立っているわけにはいかない。それでも正常な思考が働かず、身体が痺れて動けなかった。

スカートの中から手が抜き取られ、大きな手が腰に添えられる。破廉恥漢に身を起こしてもらっても、頭は朦朧とし、身体に力が入らなかった。

扉が開き、ふらつく足取りでホームに降り立つ。

壁際まで歩き、恐るおそる振り返れば、乗客らは改札口に向かって脇目も振らずに歩いていた。

この人波の中に、痴漢行為を働いた犯罪者がいるのだ。

人物を特定できぬまま、紗弥香は熱っぽい顔でホームにいつまでも佇んでいた。

2

上履きに履き替える最中に予鈴が鳴り、少女は小走りで教室に向かった。

幸いにも正門に教師の姿はなかったが、遅刻したうえに朝礼さえ参列できなかったのだから情けない。

運が悪かったでは済まされない出来事を思いだし、悔しげに唇を噛む。

ホームでしばし呆然としたあと、紗弥香は公衆トイレに飛びこんだ。

卑劣漢の指は、大切な箇所をじかにいじりまわしたのだ。穢らわしさとおぞましさに耐えられず、一刻も早く男の痕跡を消し去りたかった。

ウエットティッシュで女陰を拭いたときは、溢れでる涙を止められなかった。デリケートゾーンはさっぱりし、気持ちはいくらか落ち着いたものの、今度はパンティの汚れが少女を悲しみのどん底に陥れた。クロッチにはグレーのシミと、葛湯を思わせる粘液がべったり張りついていたのである。肉体が快楽を得ていたのは紛れもない事実で、自責の念にいやというほど苛まれた。

布地に付着した体液を拭い取るも、湿り気は依然として残ったまま。船底が局部に張りつき、不快なことこのうえなかった。

(新しい下着を買ったほうがいいかも。あぁ、でも……)

休憩時間や昼休みのあいだ、購買部には多くの女生徒が集まる。彼女らの前で、下着を堂々と購入する度胸はなかった。

(今なら誰もいないと思うけど、寄り道をしてる暇はないわ)

息せき切りながら三年A組の教室に到達し、襟元やスカートの裾を整え、平然とした表情を装う。

痴漢の被害に遭ったことは、仲のいい友だちには知られたくないし、気取られたくもない。

後方の扉から入室すれば、賑やかなおしゃべりや笑い声が耳朶を打ち、いつもと変わらぬ光景に緊張がいくらか和らいだ。

注目を浴びぬよう、すり足で自分の席に向かい、学生鞄を机の上に置く。

椅子を静かに引いたところで、となりの席のユカリが心配そうに声をかけてきた。

「どうしたの？」

「……え？」

「遅刻なんて、珍しいじゃない。寝坊したの？」

「う、ううん……お腹が痛くて、お手洗いに行ってたの」

「言われてみれば、顔色が悪いわよ。大丈夫？」

「だ、大丈夫よ」

精いっぱいの笑みを返したものの、心の中はどんより曇ったままだ。

気怠げに腰を下ろしても、クラスメートは放っておいてくれない。身を乗りだし、一転して楽しげな表情で言葉を続けた。

「今日から教育実習生が来るって話、聞いてるよね？」

「え、ええ」

「朝礼でね、紹介されたの。男の先生はなかなかのイケメンで、なんとK大生だって。

まあ、私のタイプじゃないけど」

「……そうなんだ」

愛想笑いを返した直後、チャイムが再び鳴り響き、担任の女教師が教室の扉を開けて入室する。彼女のあとに続く男性が視界に入ると、紗弥香はハッとした。

(えっ⁉)

細面の男に視線が釘付けになり、心臓がドキンとする。

前髪を垂らした髪型、浅黒い肌、ダークグレーのスーツ。痴漢を仕掛けてきた無頼漢の容姿にそっくりだった。

(ま、まさか……嘘よ)

他人の空似に違いない。そうであってほしいと願う一方、冷や汗が背中を滴り落ちる。中年の女教師が教壇に立つと、ユカリが小声で呼びかけた。

「紗弥香」

「……え？」

「挨拶」

「……あ」

授業のたびに号令をかけるのは、委員長である紗弥香の役目だ。

「き、起立……礼っ」

大きな声を出したつもりが、言葉が喉の奥から出てこない。それでもクラスメートは席を立ち、深々と頭を下げてから着席した。

担任の姿は目に入らず、男の風貌ばかりが気になってしまう。

「皆さん、槙田《まきた》先生が教育実習生として、この学園で教鞭をとることになったのは知ってますね？　このたび、三年A組の副担任も務めていただくことになりました」

最後の言葉に歓声が沸きあがり、蜂の巣をつついたような騒ぎになる。

王銘学園は男性教師が少なく、ただでさえ女生徒らの注目を浴びやすい。

二十代前半の異性ともなれば、なおさらのことだ。

「静粛にっ！」

担任が一喝しても、教室内のざわめきは収まらず、ユカリも先ほどとは打って変わって目を輝かせていた。

（ち、違うわ……きっと別人よ）

破廉恥行為を仕掛けてきた男が、教育実習生として目の前に現れるなんて絶対にありえない。

紗弥香は胸に手をあてがい、無理にでも気持ちを鎮めた。

「槙田先生、自己紹介を」

担任に促され、槙田という男が壇上にゆっくり上がる。

彼があたりを見渡したとたん、少女は目を合わせぬよう、無意識のうちに俯いた。

「ただ今、ご紹介にあずかりました槙田真也《しんや》です。担当教科は英語で、これからの二週間、皆さんと切磋琢磨しながら充実したものにしたいと考えています。至らぬことも多々あると思いますが、どうぞよろしくお願いいたします」

あちらこちらで拍手が起こるなか、上目遣いに様子を探れば、男は爽やかな笑顔を振りまいている。

明朗活発な雰囲気、そつのない自己アピール。とても、性犯罪に手を染めるタイプには見えない。

どうして、痴漢男の風体をしっかり確認しておかなかったのだろう。せめてネクタイの色や柄を覚えていれば、同一人物の可能性は格段に跳ねあがるのに……。

仮に槙田が犯人だとしたら、制服から王銘の女生徒だと気づいたはずで、のんびり構えていられるとは思えなかった。

（やっぱり……人違いかも）

スタイルのいい男はなめらかな口調で話を続けていたが、内容が頭にまったく入ってこない。

　やがて自己紹介が終わったのか、言葉が途切れたところで、女性教諭が柔らかい視線を投げかけた。

「桂木さん」

「は、はいっ！」

　反射的に椅子から立ちあがり、小気味のいい声を返す。槙田と初めて目が合うも、彼の表情に特別な変化は見られなかった。

「放課後にでも、校内を案内してあげてちょうだい」

「……え？」

「実習生控え室は、文化館の多目的ルームだから。よろしく頼むわね」

　クラスメートの羨望の眼差しをよそに、口元が引き攣《つ》った。

　委員長の自分に命じたのは当然としても、二人きりで校内を回るのは抵抗がある。

　それでも拒絶する言い訳は思いつかず、紗弥香は渋々了承した。

「は、はい」

　槙田が笑みを送るや、軽く頭を下げてから着席する。

「よかったね。さっそく、お近づきになれるじゃない」

嫉妬しているのか、ユカリが皮肉めいた言葉をかけるも、彼女の声は耳に届かず、少女の心の中にはどす黒い不安だけが渦巻いた。

3

その日の放課後、槙田は文化館の入り口で紗弥香の来訪を待ち受けた。

実習初日ということもあり、控え室には多数の女生徒が訪れるに違いない。

その他大勢を相手にする気は毛頭なく、興味があるのは麗しの美少女一人だけなのだ。

(今朝の様子だと、俺が痴漢の犯人だと当たりをつけてそうだな。でも後ろからだし、ずっと俯いてたから、顔までは確認できなかったはずだ)

果たして、彼女は一人で来るだろうか。

(友だち同伴も考えられるけど、それならそれでいいや。実習は二週間もあるんだし、慌てる必要はない。あの子がいるクラスの副担任になれたばかりか、こんなに早く接点を持てること自体、ラッキーなんだから)

今日はいい先生を演じ、まずは少女の疑念を取り払うことに専念すべきだ。

校舎の通用口に紗弥香が現れると、槙田は目を見張った。

意外にも友だちの姿はなく、やや伏し目がちに近づいてくる。そしてチラリと見上げたあと、頭を軽く下げた。

「忙しいのに、すまないね」

「いえ、今日は部活が休みなので」

「……友だちは？」

「え？」

「いや、他の子も連れてくるのかなって思ったから」

さっそく疑問をぶつけると、紗弥香は小首を傾げて答えた。

「先生に指示されたのは……私だけだったので」

「あ、あぁ、そう」

美しい少女は、想像以上に生真面目なタイプらしい。もっとも、そういうイメージがあったからこそ、痴漢行為を仕掛けても声は出さないだろうと判断したのだ。

「それじゃ、校舎以外の施設をひととおり案内してもらえるかな？」

「はい……わかりました」

「最初は……文化館から回っちゃおうか。ＬＬ教室の場所だけは教えてもらったんだけど、それ以外は何があるのか、よくわからないんだ」

彼女の顔色は優れず、不安げな表情で目を泳がせる。

黒艶溢れるロングヘア、長い睫毛にツルツルの頬、桜桃を思わせる唇。紗弥香を初めて目にしたのはひと月前、自宅マンションがある最寄り駅の改札口だった。

あのときは絶世の美少女ぶりにしばし惚け、王銘の制服に血が騒いだものだ。

すでに実習先である学園側の内諾は受けていたため、彼女が自分の教え子になる可能性を考えただけで胸が弾んだ。

槙田は予定を急遽変更し、紗弥香のあとをつけ、公営の体育館で催された新体操の競技会を観戦した。

申し訳程度に膨らんだ胸、丸みを帯びはじめたヒップにむちっとした太腿。瑞々しいボディラインと初々しい立ち振る舞いにときめき、レオタード姿に堪えきれない劣情を催した。

この一ヶ月、ストーカーまがいの行為で少女の名前や自宅を把握し、そして今日の朝、内に秘めていた欲望を噴出させたのである。

ホームの混み具合を思い返せば、都合よく真後ろに立てるとは思っていなかった。

おかげで彼女の恥肉ををじかに触れたのだから、さらなる淫情が増すのは当然のことだ。

（表情からは、想像もできないほど濡れてたよな。おマ◯コのふわとろ感……あぁ、たまらん）

指先には、いまだに女芯の感触が残っている。電車から降りたあと、指の匂いを何度嗅いだことか。

甘酸っぱい恥臭が脳髄を蕩かせ、股間の逸物が激しく疼いた。

思いだしただけで、海綿体に熱い血流が注ぎこまれる。

愛液を大量に湧出していたのは事実であり、彼女は汚れた下着をまだ穿いているのかもしれない。

好奇心がくすぐられ、今すぐにでも確かめたい衝動に駆られた。

（落ち着け、落ち着け！　急いては事をし損じるというからな）

満員電車の中と学園内では、状況がまるで違う。下手を打ち、警察沙汰になれば、実習は即中止。大学側にもバレて退学と、人生を棒に振ってしまうのだ。

（でも……かわいいなぁ）

斜め前を歩く少女のヒップと美脚に目が釘付けになり、小刻みに揺れるまろやかな膨らみに牡の本能がスパークした。

チェックのプリーツスカートは丈が短めで、太腿の裏側が剥きだしになっている。

数時間前、自分はすべすべの柔肌をいやというほど堪能したのだ。

スラックスの下のペニスが隆々と反り勃ち、槙田は彼女に悟られぬようにポールポジションを直した。

(やべっ！　チンポが疼いてきた)

無理もない。痴漢行為は多大な刺激を与えたが、射精までには至らず、トランクスの裏地は大量の先走りでベトベトの状態だった。

発散できなかった性欲が息を吹き返し、下腹部全体がムラムラしだす。文化館の階段を昇りはじめると、スカートの奥の悩ましい暗がりに胸が熱くなった。

(あぁ、もうちょっとで見えそうだ。顔を突っこんでやろうか)

鋭い目つきに変わった直後、紗弥香が肩越しに質問を投げかけた。

「……先生」

「ん？」

「大学は……教育学部ですか？」

「いや、文学部の英文学科だよ。英語が好きでね、九月からはアメリカの大学に留学する予定でいるんだ。実習が終わったら、渡米しないと」

「え？　そんなに早く日本を発つんですか？」

「手続きがあるし、アメリカには叔母やイトコが住んでるから、もしかすると、そのまま向こうに居座ることになるかも」

「教師に……ならないんですか？」

「うーん、正直に言っちゃうけど、進路はまだはっきり決めてないんだ。とりあえず、教員の免許だけはとっておこうと思って。あ、このことは誰にも内緒だよ」

少女からすれば、沈黙の時間が怖いのかもしれない。図書室や美術室、音楽室やLL教室を案内するあいだも、矢継ぎ早に質問してくる。

「大学では、どんな活動をされてるんですか？」

「特別、変わったことはしてないよ。気の合う仲間と、インカレのサークルを起ちあげたくらいかな。今は後輩に任せて、顔はほとんど見せなくなったけど」

サークルには多くの女子大生やOLが入会し、数えきれないほどのコンパや旅行、パーティーなどのイベントを開催した。

おいしい思いをしたケースは一度や二度ではなく、ナンパサークルといっても過言ではないだろう。

彼女らも異性との交流を望んでいたため、ハードルはさほど高くなかった。

甘い言葉をかければ、最後の一線は楽に越えられたし、ベッドインすれば、それなりの反応を見せてくれる。

処女を相手にしたケースは一度もない。

ただ、最初のうちは快楽を追求するだけで満足していたが、簡単に堕ちる女は同じタイプばかりで、いつしか新鮮さを感じることはなくなっていた。

そんなときに、紗弥香の姿を偶然見かけたのである。

一瞬、女神が地上に舞い降りたのかと思った。

可憐で清楚な容姿に、たちまちハートを撃ち抜かれた。

彼女はおそらく、いや、間違いなく男を知らないはずだ。

恋心を寄せると同時に、美しい花園を蹴散らしてやりたい心境に駆られ、あこぎな欲望は日ごとに募っていった。

激しいスポーツに従事している少女は、とりわけ新体操は大きく開脚するため、処女膜が破れているケースが多いらしい。

果たして、紗弥香はどうなのか。

犯罪行為というリスクを冒してまで接近したのだから、このままあきらめるわけにはいかず、何としてでも手ごめにし、純真な美少女を自分色に染めたかった。

（はぁ……その場面を考えただけでワクワクする）

牡の狩猟本能が頭をもたげ、猛々しい性衝動を抑えられなくなる。

理性を必死に手繰り寄せた瞬間、少しでもこちらの素性を知りたいのか、紗弥香がいよいよ核心を突いてきた。

「あの……どちらにお住まいなんですか？」

槙田は彼女と同じ、鷲ノ台《わしのだい》町に住んでいる。美少女の自宅は駅を挟んだ反対側の高級住宅地にあり、白亜の豪邸はお嬢様育ちを如実に物語っていた。

身近に住んでいる事実を告げれば、痴漢した人物ではないかという疑念が確信に変わるかもしれない。

槙田はあえて、逆方向にある駅名をあげた。

「登貴尾《ときお》町だよ」

「そうなんですか。学生に人気のある町ですよね」

上りと下りなら、同じ電車に乗り合わせることはありえず、痴漢男と教育実習生は別人だと判断したのだろう。

少女は安心感を得たのか、ようやく穏やかな笑みを見せた。

「君……桂木さんは、ずっと女子校？」

「ええ、初等部から王銘です」

「そっか、この学校は初等部から高等部までの一貫校だっけ。来年は、もちろん大学に進学するんだよね？」

「はい、そのつもりです。もう一日早く生まれてたら、今頃は女子大生になってると思います」

「あ……四月二日生まれなんだ？」

「そうです」

「部活は何をしてるの？」

「新体操部です」

「新体操は、もう長くやってるんだ？」

「はい、中等部に入学してから始めたので、もう六年目を迎えます」

紗弥香はハキハキと答え、階段の踊り場の窓から外を指差す。

「このあと案内しますけど、あそこが記念館です。一階にある講堂で、いつも練習してるんです」

「ふうん、後ろにある小さな建物は何？」

「体育倉庫です」

少女の口調はやけになめらかで、緊張はすっかりほぐれたようだ。三階に到達すると、控え室の扉が開き、複数の女生徒がにこやかな顔で出てきた。

「あの子たち、女子の実習生のとこに遊びに来たんだな」

「そう言えば……教育実習生って、槙田先生以外に何人来たんですか？」

「僕を入れて三人。他の二人は女子だよ。朝礼で紹介されたけど……」

かまをかければ、紗弥香は一転して沈痛な面持ちになる。

少女は痴漢されたショックから、朝礼には参列できなかったに違いない。

（ホームルームには出てたから、それまでトイレにこもってたのかな？）

またもや、今朝方の光景が脳裏に甦る。

火の玉のごとく燃えさかる身体、桜色に染まった頬、唇のあわいから洩れる熱い溜め息。ガラス扉に映った少女の顔は愉悦に満ち、愛液にまみれた乙女の花園は蒸れかえっていた。

恥液で汚れたパンティを確認したい、初々しい秘園を目にしたい。

至極当然の欲求に衝き動かされ、ペニスが最大限まで膨張する。耐えられぬほどの性欲に苛まれ、理性とモラルが忘却の彼方に吹き飛んだ。

どうにかして、誰も来ない場所に連れこめないか。

放課後ということもあり、文化館には人の出入りが少ない。とはいえ、校内の施設に詳しくない今の状況では、あまりにもリスクが高すぎた。

(やっぱり、計画をちゃんと練ってから迫ったほうがいいか？)

思案を巡らせた直後、女生徒らがキャッキャと騒ぎながらこちらに向かって歩いてくる。

話しかけられても困るし、今は彼女らと顔を合わせたくない。反射的に階段を昇りはじめると、背後から紗弥香の声が聞こえた。

「あ……そっちは」

かまわずU字形の階段を駆けのぼれば、グレーの扉と狭い踊り場が目に入る。

(お、屋上だ)

ここなら、美少女に淫らな行為を仕掛けられるかもしれない。

胸を躍らせつつ、ドアノブに手を伸ばしたものの、鉄の扉は押しても引いても開かなかった。

「あ、あれ？」

「……先生」

肩越しに振り返れば、紗弥香が階段を昇ってくる。

女生徒らはこちらの存在に気づかぬまま階下に向かい、賑やかな声は徐々に遠ざかっていった。

「屋上は、立ち入り禁止なんです」

「あ、そう」

自殺や事故防止のために、ふだんから鍵をかけているのだろう。当てが外れてがっかりしたものの、紗弥香は何の疑いも見せずに斜め後方に佇む。

甘酸っぱい匂いが鼻腔を掠め、股間の逸物がひと際いなないた。

(やべっ……チンポ、ビンビンだ)

必死の自制を試みたが、欲情のエネルギーはいっこうに引かない。

横目で様子を探ると、胸の膨らみが目に飛びこみ、荒い息が口から放たれた。

屋上が立ち入り禁止なら、この階段を昇ってくる者はいないはず。ある意味、密室と同じ状況なのだ。

耳に全神経を注いでも、階下から人の気配は伝わってこない。

「文化館であと回ってないのは、多目的ルームのとなりにある視聴覚室だけです」

紗弥香は満員電車の中で拒絶するどころか、声すらあげなかった。

死角となった踊り場でも、同様の対応を見せるのではないか。

意を決した槙田は、前を見つめたままぽつりと告げた。

「どんな感じだった？」

「……え？」

「今朝のことだよ」

しばし間を置いてから振り向き、じっと見据えれば、少女は眉をひそめる。

「あ、あの……」

「微かな喘ぎ声が聞こえてきたけど……」

口角を上げたところで、彼女は目に見えて顔色をなくしていった。

「すごい濡れてたよね」

「あ……あ」

「ひょっとして、セックスに興味があるのかな？」

口元が引き攣り、いやいやをしながら後ずさる。槙田は間合いを詰めつつ、さらに卑猥な言葉をぶつけた。

「それとも彼氏がいて、おマ◯コしちゃってる関係なのかな」

瞳に動揺の色が走り、今はプチパニックに陥っているとしか思えない。

逃げだそうものなら手首を掴むつもりだったが、蛇に睨まれた蛙のごとく、紗弥香は決して大きな動きを見せなかった。

労せずして踊り場の隅に追いつめ、軽く抱きつけば、しなやかな身体が極寒の地に放りだされたように震える。

バストの柔らかい弾力が胸に合わさり、スラックスの中心部が大きな三角の頂を描いた。

ゴムまりのような弾力と感触には、ひたすらうっとりするしかない。下半身の異変に気づいたらしく、紗弥香は気まずげに視線を逸らした。

「や……やめてください」

拒絶の言葉は、聞き取れぬほど小さい。よほどの引っ込み思案なのか、それとも恥ずかしいという気持ちが強いのか。

どちらにしても、満員電車のときと同様、大声や悲鳴をあげることはなさそうだ。

安心感を得た槙田は、熱のこもった膨張物をグイグイ押しつけた。

下腹に当てたペニスが圧迫され、尿管から先走りの液が滲みだす。

ぬるりとした感触とともに甘美な電流が脊髄を駆け抜け、知らずしらずのうちに目が血走った。

「あぁ、気持ちいい。朝は出すことができなかったから、すごくつらかったよ」

「あ……やっ」

「ずるくないかい？　おマ◯コいじられて、自分だけイッちゃうなんて」

都合のいい思いこみなどではなく、少女は確かに絶頂への螺旋階段を駆けのぼったはずだ。

ストレートな物言いで様子を見守ると、紗弥香は頬を桃色に染め、恥ずかしげに唇を歪めた。

（やっぱりイッたんだっ！）

全身の細胞が歓喜に打ち震え、新たな性のエネルギーが内からほとばしる。

槙田はここぞとばかり、乙女の羞恥心をあおった。

「おマ◯コ、エッチなおつゆでグチョグチョだったよね。ごまかしてもだめだよ。僕の指は、はっきり覚えてるんだから」

彼女は何も答えず、顔を背けて口を引き結ぶ。首筋に唇を這わせれば、小さな悲鳴をあげて身を竦《すく》ませた。

「……ひっ」

「あぁ、甘酸っぱい汗の匂いがするよ。そう言えば、電車の中でたっぷり汗を掻いてたっけ」

スカート越しに伝わる下腹の感触が、柔らかくて心地いい。怯えた眼差し、小さく震える睫毛、プリッとした唇に、牡の征服本能が燃えさかる。

槙田は舌なめずりしたあと、スカートの裾をそっとたくしあげた。

「パンティは穿き替えたのかい？」

紗弥香は横を向いたままハッとし、両内腿を狭める。

困惑げな様子から穿きつづけている可能性が高く、あまりの期待感に脳幹がバラ色に染められた。

太腿に指先を這わせ、徐々にVゾーンに近づけていく。

「あ……あ、や、やめて……ください」

「大きな声で助けを呼べば、僕は実習一日目でクビになるわけだ。でも、ただでこの学校は去らないよ。痴漢された君が、感じて愛液を垂れ流していたことを暴露するからね」

脅しをかけると、紗弥香は真正面を向き、つぶらな瞳を涙で膨らませる。

睨みつけているのだろうが、目力は弱々しく、とても強硬な抵抗を試みるとは思えない。

「あ……うンっ」

指先がパンティの中心部に達した瞬間、少女は肩をひくつかせ、やけに色っぽい声を洩らした。

（はぁ、食べちゃいたいくらい、かわいいっ！）

再び首筋に唇を押し当て、かぐわしい体臭をクンクン嗅ぎまくる。

緊張から発汗し、肌が湿り気を帯びると同時にぬっくりした熱気が立ちのぼった。

肉の尖りにあたりをつけ、指先をくるくる回転させる。

少女は上下の唇を口の中ではみ、声を必死に押し殺していた。

（これなら、声はあげられないよな……ようしっ！）

電車内での痴漢行為は背後からだったが、今度は前から、彼女の様子をうかがいながらいたずらできるのだ。

やる気が漲り、ペニスがスラックスの下で小躍りした。

脳内アドレナリンが湧出し、もはや雨が降ろうが槍が降ろうが止まらなかった。

腕に力を込め、指先をY字ラインの中心にすべりこませる。

少女はまたもや顔を横に振り、目を閉じてから眉間に皺を寄せた。

不埒な指技に抗う表情は、車内のときと変わらない。

人の目を気にする必要はないだけに、槙田はためらうことなく指先を蠢かせた。

中指を往復させ、クロッチの表面を執拗に攻めたてる。

「ン……ンうっ」

紗弥香は鼻からくぐもった吐息を放つも、快感を得ているかはわからない。それでも股布は湿り気を帯びはじめ、ふしだらな熱気が手を包みこんだ。

「気持ちいいんだろ？　ちゃんとわかってるんだからね」

「ひ、うっ⁉」

ここぞとばかりに腕を激しくスライドさせれば、少女は目を閉じ、腰を微かにくねらせる。

こめかみがひくつき、首筋に汗の皮膜がうっすら浮かんだ。

小高い胸の膨らみが忙しなく波打ち、目元がねっとり紅潮した。

パンティ越しの肉突起に指腹をあてがい、小刻みな回転をこれでもかと与える。

愛液が大量に溢れでているのか、布地の中心が早くも濡れそぼつ。

「ンっ、やっ、くっ」

「どんどん濡れてくるよ。やっぱり、気持ちいいんだ？」

指先に力を込め、グリグリこねまわすと、紗弥香は形のいい顎を突きあげ、やがて脱力していった。

（……イッたか？）

少女は双眸を閉じたまま、身体を壁に預けている。

絶頂に導いたと確信した槙田はほくそ笑んだあと、スカートをたくしあげながら腰を落とした。

（おおっ、パンティだっ！）

フロント上部に赤いリボン、裾にはフリルがあしらわれた、女子校生らしい純白のコットン生地に狂喜乱舞する。

上目遣いに様子を探れば、彼女はまだ快楽の余韻に浸っているようだ。

クロッチに浮きでた愛液のシミ、肉土手のこんもり感がたまらない。

槙田は息せき切って布地を引き下ろし、楚々とした恥毛の翳りに喉をゴクンと鳴らした。

（そのまま、ポーッとしててくれよ）

切に願いつつパンティをさらに剥き下ろせば、甘酸っぱい恥臭が鼻先にふわりと漂う。

二枚の唇が目に飛びこむと、槙田は心の中で快哉を叫んだ。

（お、おおおっ！）

全体がベビーピンクに彩られ、中心部に刻まれた恥肉の形状が男心をそそる。

乙女の花びらは少しの歪みもなく、ストレートなラインを描いていた。

なんと、美しいフォルムなのか。

こんなきれいなおマ◯コは、これまで一度も目にしたことがない。

薄い肉帽子を半分だけ被ったクリトリスがちょこんと顔を出し、愛くるしいことこのうえなかった。

汗の匂いと体臭、尿臭や分泌臭がブレンドされ、馥郁たる香りと化して鼻腔粘膜を刺激する。

クロッチに目を向けると、グレーのシミ、レモンイエローの縦筋、葛湯を思わせる愛液にカピカピに乾いた粘液の跡が脳漿を沸騰させた。

（おおっ、すごい汚れだ！）

もはや、間違いない。少女は、汚れたパンティを穿き替えなかったのだ。

再び恥肉を仰ぎ見れば、秘裂の狭間が愛液できらきら光っている。微かに覗く鮮やかなピンク色の内粘膜も、牡の情動をレッドゾーンに飛びこませた。

（はあはあ……はぁぁっ）

かぶりつきたい衝動を必死に抑え、懸命にパンティを脱がせる。

慎重に片足ずつ上げ、布地を足首から抜き取ったところで、頭上から小さな呻き声が洩れ聞こえた。

4

「う、うぅん」

痴漢をされたときと同じく、全身が気怠い感覚に包まれている。

意識が朦朧とし、頭はいまだにボーッとしたままだ。後ろに壁がなければ、床に倒れこんでいたのではないか。

思考がようやく働きだすと、紗弥香は下腹部の異変に気がついた。

目をこわごわ開ければ、槙田はパンティを自身のズボンのポケットに入れている最中だった。

(あっ、やっ⁉)

スカートはいつの間にかウエストまで捲られ、恥ずかしい箇所が剥きだしにされている。痴漢男は、やはり教育実習生と同一人物だったのだ。

どうして、彼の言い分を信じてしまったのだろう。己の浅はかさを呪ったものの、今は後悔している暇はない。

慌ててスカートを下ろそうとした刹那、ひと足先に槙田が股間にむしゃぶりつき、少女はあまりの出来事に大きな悲鳴をあげそうになった。

周囲に人影がないとはいえ、場所は校内であり、声を聞きつけた誰かがやってきたら……。

その光景を想像しただけで、恐怖に身の毛がよだつ。

たとえ自分に過失がなくても、噂はあっという間に広がり、いたたまれなさから学校にいられなくなるかもしれない。

「や、やめて……ください」

両足を閉じて小声で訴えても、彼は怯まずに顔をグイグイ押しつけた。

親にさえ見せたことのない大切な秘部を、初めて会った男に晒しているばかりか、口で愛撫されようとしているのだ。

おそらく、彼はパンティの汚れも確認したに違いない。不快感に続き、猛烈な羞恥が込みあげた。

（いや、いやっ！）

腰を振って逃れようにも、太い指が両太腿の側面にがっちり食いこんでいる。手で頭を押しのけようとしてもビクともせず、やがてヌルッとした感触が股の付け根に走った。

舐められている。乙女のデリケートゾーンを、舌でなぞられているのだ。

「ひっ！」

もはや、なりふりかまっていられない。大声で助けを呼ぼうとした瞬間、大きな衝撃波が花芯を襲った。

舌先がスリットを往復するたびに、快楽の高波が次々と打ち寄せる。

驚愕の眼差しを下方に向け、四肢に力を込めても肉悦に抗えず、不埒な舌にいちばん敏感な箇所を攻めたてられた。

「は、うっ……！」

片手で口を押さえ、泣き顔で声を押し殺す。

一日二回も、なぜこんなひどい仕打ちを受けなければならないのか。

睫毛に涙を滲ませたところでクリットが上下左右に転がされ、意識せずとも背筋が反り返った。さらには窄めた唇で肉芽をチューチュー吸われ、身体の芯が火のごとく燃えあがる。

（ンっ！　ンっ！）

子宮の奥がひりつき、温かい潤みが源泉のごとく溢れだした。

指とは比較にならぬ快美に翻弄され、性感が急角度で上昇のベクトルを描いた。

五感が麻痺し、一瞬にして快楽の海原に放りだされる。

全身がまたもや浮遊感に包まれ、意識せずとも恥骨が前後にわななく。

(だめ……だめっ)

舌先が肉粒を押しひしゃげさせた直後、色とりどりの閃光が瞬き、肉体の深部にともった官能のほむらが全身に飛び火した。

(あ、やっ、やっ、やあぁぁあぁぁっ!)

目が眩むような快感に、今度は立っていられない。

頭の中で白い火花が八方に飛び散り、壁伝いにずるずると膝から崩れ落ちる。

「はあはあはあっ」

紗弥香は双眸を閉じたまま、湿った吐息を延々とこぼした。

甘美な感覚が全身に波及し、身も心もとろとろに蕩かされる。

性の扉を開け放ち、快感を全身全霊で享受するなか、少女は異様な気配を肌で感じ取った。

ジジジッという金属音が耳に入り、続いてムワッとした空気が頬をすり抜ける。

目をうっすら開けた紗弥香は、眼前に聳え立つ男性器に虚ろな眼差しを注いだ。

パンパンに張りつめた宝冠部、えらのがっちり張った雁、太い胴体にはミミズをのたくらせたような静脈がびっしり浮きでている。

饐えた汗の匂いが鼻腔を掠め、思わず小鼻を膨らませるも、自分がどんな状況に置かれているのかはっきりわからない。

ひとつ目小僧を思わせる先端は口をぱくぱく開き、透明な液体を絶え間なく湧出させていた。

粘っこい雫が床に向かって滴り落ちる頃、思考回路がやっと回復しだす。

(あ、やっ)

槙田はズボンのチャックを引き下ろし、合わせ目から男性器を引っ張りだしていたのだ。

ペニスの切っ先が、自分を突き刺すかのごとく鎌首をもたげる。

慌てて立ちあがろうとしたものの、身体に力が入らず、逃げだすことはできそうになかった。

彼はこのうえ、何をしようというのか。

忘れかけていた恐怖心が甦り、引き攣った表情で肩を窄める。卑劣漢はにやりと笑い、肉筒を握りしめて軽くしごいた。

「勃起したチンポ、目にするのは初めてかな？」

「あ、あ……」

「一日に二度も悩ましい姿を見せられたら、我慢できるわけないよね。ほら、もうビンビン。君がこうさせたんだよ」

戦慄に身を強ばらせるも、なぜか赤黒く膨らんだ肉実から目が離せない。

男性器の圧倒的威容には息を呑むばかりで、かわいらしいおチンチンというイメージはなく、おどろおどろしいという感想しか抱けなかった。

自分もいつかは、こんなペニスを受けいれる日が来るのだろうか。それとも、彼の性器が特別大きいだけなのか。

茫然自失するなか、思わぬ言葉が鼓膜を揺らした。

「触ってよ」

破廉恥な要求に首を縦に振れるはずもなく、狼に見据えられた子羊のように身を震わせる。

「尿道口から精液が出るのは知ってるだろ？　男っていうのはね、一度火がつくと、放出するまで収まらないんだ」

牡の肉は、目と鼻の先でいないているのである。あまりのショックから、いやですという言葉が喉につっかえて出てこない。

槙田が自分でこするたびに、ペニスはますます強靭な芯を注入させていった。

「ほら、こうやってしごけばいいんだから、簡単だろ？　何なら、お口でしてもらってもいいんだよ」

オーラルセックスの知識は友だちから聞いていたが、生理的嫌悪しか覚えず、自分にはとても無理だと思った。

顔を小さく横に振り、拒絶の姿勢を示すも、男はまったく引かずに追いたてる。

「僕だって、お口でしてあげたよね。自分だけ気持ちよくなるのは、ずるいんじゃないかな？」

こちらの意思を無視して無理やりしてきたのだから、とても正当性があるとは思えない。

とはいえ、この場から逃げだせぬ以上、乙女の貞操は絶体絶命の危機にあるのだ。

何としてでも、最悪の結末だけは避けたかった。

「そんな深刻に考えることないでしょ。男っていう生き物は、とりあえず出しちゃえば、すっきりするんだからさ」

「ホ、ホントに……」

「ん？」

「それで……落ち着くんですか？」

「ああ、もちろんだよ」

果たして、信用していいものか。

相手はためらうことなく、実習先の生徒に手を出してくる輩なのである。

逡巡する最中、階下からまたもや足音が聞こえ、背中を冷や汗が流れた。

恐怖に身を縮ませるも、槙田は平然とした顔をしている。

人の気配が遠ざかると、紗弥香は胸に手を添え、大きな溜め息をついた。

「ふふっ、そんなに心配しなくても大丈夫。女子の実習生が帰ったんだよ」

槙田は冷ややかに言い放ち、壁に両手をついてペニスを突きだす。

また誰かがやってくる可能性を考えれば、もはや迷っている暇はなかった。

生きた心地がせず、精神的な限界はとうに超えているのだ。

この状況から、一分一秒でも早く脱出したい。

意を決した紗弥香は、震える指をしなる肉の塊に伸ばした。

「お、ふっ！」

胴体にそっと指を絡めれば、槙田は顔をくしゃりと歪め、小さな呻き声を放つ。よほど気持ちいいのか、ぎらついていた目が瞬く間にとろんとなった。

「ど、どう？　初めてなんだろ？　勃起したチンポを触るのは。どんな感じ？」

心臓が拍動し、なぜか胸の奥が重苦しくなる。

ペニスは火傷しそうなほど熱く、全体がビクビクと脈動していた。

極太の肉胴は指が回らず、鈴口から透明な粘液がたらたらと滴り落ちる。

眼前で跳ね躍る異形の物体を、少女は瞬きもせずに見つめた。

「そのまま……上下に指を動かすんだよ。あ、安心して。いざとなったら、精液は後ろの壁に向かって出すから」

言われるがまま軽くしごいただけで、怒張はひと際膨張し、ふたつの肉玉が吊りあがる。獣じみた匂いが鼻腔を燻《いぶ》し、嫌悪感に襲われるも、動悸は激化の一途をたどるばかりだ。

身体をわずかにずらし、ペニスの先端を斜め上の壁側に向け、紗弥香はやや俯き加減で指の律動を開始した。

「お、お、おぉっ……いい、気持ちいいよ」

スライドの合間に射出口をチラチラと盗み見し、渾身の力を込めて剛槍をしごきたてる。やがてくちゅくちゅと、淫らな水音が響き渡った。

（あっ、やっ）

尿道から垂れ滴った淫水が指の隙間にすべりこみ、卑猥な音を奏ではじめたのだ。

一瞬怯んだものの、手の動きを止めれば、射精という最終目的は果たせなくなる。

紗弥香は唇を噛みしめ、一心不乱に指先を往復させた。

「もっと……リズミカルに。そ、そうだよ。ちゃんと、チンポを見て」

仕方なくペニスを仰ぎ見ると、鬱血した宝冠部はいつの間にか粘った淫水でぬめり返っていた。

青筋は張り裂けんばかりに膨らみ、手のひらに熱い脈動をビクビク伝える。

（あ、あ……すごい）

子宮の奥がひりつき、口の中に大量の唾が溜まった。

温かい潤みが膣から再び溢れだし、内股をすり合わせれば、ぬるぬるした感触に戸惑った。

牡のムスクが鼻腔を突き刺すたびに、またもや意識が朦朧としてくる。

いったい、自分はどうなってしまったのか。

初対面の男からひどい仕打ちを受けているのに、こんな気持ちになるなんて……。

もしかすると、自身の身体の中には淫蕩な血が流れているのかもしれない。

自己嫌悪に陥った直後、槙田はやけにざらついた声で嘯《うそぶ》いた。

「むむっ、気持ちいいけど、やっぱり手だけだとキツいかな。ねえ、口でしてくれない？」

「そ、そんな……」

驚愕のセリフに放心し、許しを請うような顔で卑劣漢を仰ぎ見る。

「僕も、してあげたでしょ？　あと、ほんのちょっとで射精するんだからさ」

「で、でも……」

「大丈夫っ！　出すときは、ちゃんと口から引き抜くから」

「……あ」

握りこむ力が緩んだ隙を突いて、槙田は掴んだペニスを顔の真正面に向けてきた。

反射的に首を振り、唇を閉じるも、火箸のような剛直が口元に押しつけられる。

(ひどい……ひどいわ)

男性器を触るだけでも初めての経験なのに、口戯で快感を与えられるはずがない。

決死の覚悟で臨んだ手筒の刺激も徒労に終わり、少女は耐えがたき事態に正気を失いそうだった。

「早くっ。もたもたしてると、警備員が上がってくるかもしれないよ」

槙田の言葉に、血の気が引いた。

校内には生徒や教師の他に、警備員がいたのだ。彼らなら、見回りのために屋上への階段を昇ってきても不思議ではない。

「さ、お口を開けて。手荒なマネはしないから」

先端で唇をこじ開けられ、紗弥香は泣く泣く口を開け放つしかなかった。

「ンっ⁉　ぷっ、ぷうっ！」

熱い塊が唇の隙間から潜りこみ、汗臭い匂いが口の中いっぱいに広がる。顔を引こうにも壁に遮られ、灼熱の梶棒が遠慮なしに差しこまれる。

息が詰まり、苦悶の表情で鼻での息継ぎを繰り返した。

肉棒はすぐさまスライドを開始し、先端が喉元を何度もつついた。

「ぶっ、ぶぽっ、ぶふぅ！」

「おほぉおっ、あぁ、気持ちいいっ」

抽送の回転率が増し、牡の肉が口の中でのたうちまわる。

口の狭間から濁った唾液が溢れだし、顎の下からつららのように滴り落ちた。

しょっぱくて苦い味覚が鼻腔を突きあげ、吐き気を催すも、今は悪夢の時間が過ぎ

去るのを待つしかないのだ。

「はあぁっ、たまらんっ、イクっ、イキそうだ」

槙田は嗄れた声をあげ、腰を容赦なく打ちつける。

（お願い……早く、早く……出して）

顎が外れそうな苦痛に耐えつつ、目をうっすら開ければ、槙田はいつの間にか手にしたスマホをこちらに向けていた。

（やっ⁉）

小さなレンズが視界に入り、ギョッとする。

動画モードで撮影しているのなら、為すがままの状態でいるわけにはいかない。

あまりの蛮行に戦慄が走り、身をよじって脱出を図ろうと試みる。次の瞬間、肉筒が脈動し、熱いしぶきがほとばしった。

「お、おおおっ」

「ンっ、ふっ⁉」

今度は生臭い匂いが口腔に広がり、眉根を寄せて激しく噎せる。

「まだまだ、こんなものじゃ終わらないぞ」

欲望の排出は、一度きりでは終わらない。二発、三発、四発と立てつづけに放たれ、少女の口中は瞬く間に汚液まみれになった。

「ぐっ、ンっ、ぶふぅっ」

「さあ、飲め、全部飲むんだ。一滴残らずだぞ」

大きな手で頭を鷲掴みにされ、肉棒を口から抜き取ることができず、どろどろの淫液に胸がムカムカする。

（いや……やぁあぁぁっ）

槙田の体液を喉の奥に流しこみながら、少女の意識は忘我の淵に沈んでいった。

第二章　快感に震える処女喪失

1

自宅までどうやって帰ってきたのか、記憶がはっきりしない。

紗弥香は家人に気づかれぬよう、二階への階段を忍び足で昇った。

痴漢されただけでも大きなショックだったのに、放課後にはあそこを舐められ、男性器を口に突っこまれたうえに精液まで嚥下したのだ。

純真な少女にとっては天地がひっくり返るような出来事であり、精神的かつ肉体的な疲労は半端ではなく、一刻も早く横になりたかった。

（どうして、私がこんな目に……）

槙田が自分を狙った理由がわからず、堂々巡りを繰り返す。

ペニスが抜き取られたあと、体液は床に吐きだしたが、喉のいがいがはいまだに消え失せない。悔しさや怒りの感情よりも、今は悲しみのほうが圧倒的に勝っていた。

自室のドアノブに手をかけたところで、運悪く、美玖がとなりの部屋から出てくる。

「あ、お姉ちゃん！」

脳天気な妹はニコニコ顔で近づき、矢継ぎ早に問いかけた。

「今日、実習の先生が来たんだって？　うちのクラスでも、みんな騒いでたよ。K大生だって？　そんなにカッコイイの？」

「……さあ」

「さあって、お姉ちゃんのクラスの副担任になったんでしょ？」

「それはそうだけど……」

「英語はペラペラなの？」

「今日の英語はグラマー中心だったから、よくわからないよ」

すでに実習生の噂は、女生徒のあいだで広まっているらしい。

もとはと言えば、槙田と電車に乗り合わせるきっかけになったのは美玖の寝坊なのだ。ムッとした顔を見せたとたん、異変に気づいたのか、彼女はようやく笑みを潜めた。

「どうしたの？　私、何か変なこと言った？」

「ううん、疲れてるだけ。ちょっと休ませて」

「……うん。じゃ、ごはんができたら呼ぶから」

美玖が階下に下りていくと、自室に入り、後ろ手で扉を閉める。

紗弥香は学生鞄を机の上に置き、ベッドへ仰向けに倒れこんだ。

(単なる……八つ当たりよね)

あの男は、登貴尾町に住んでいると言っていた。

逆方向の電車で通勤しているのだから、同じ車両に乗っているはずがなく、計画的に最初から自分に狙いを定めていたのだ。

いつもの電車に乗りこんでも、結果は変わらなかったのではないか。

(ああ……学校に行きたくない)

帰り際、槙田の残した言葉が頭の中でリフレインする。

明日の放課後、再び会うことを約束させられたときは恐怖に顔が引き攣った。

部活だと答えれば、体育倉庫で待っている、レオタード姿で来いと命令口調で告げたのである。

もし来なければ、ふしだらな映像をネットに流すと脅されたのだから、世間知らずな少女が拒絶できないのは当然のことだった。

(やっぱり……あのときの行為を、スマホに収めたんだわ)

男性器を咥えた光景を思いだし、どす黒い不安が入道雲のように膨らんでいく。

もし、あの映像を学校関係者が目にしたら……。

紗弥香は恐れおののく一方、秘園を愛撫されたときの感覚を思いだした。

指と口で敏感な箇所をまさぐられ、快楽の波間をたゆたったのは疑う余地のない事実なのだ。

やたらスースーする股ぐらに、両手をそっとあてがう。

パンティは返してもらえず、ノーパン状態での帰宅も、周囲に気づかれるのではないかと神経をすり減らした。

汚れた下着を持ち帰り、いったいどうするつもりなのだろう。

クロッチに好奇の眼差しを浴びせ、匂いを嗅ぐのだろうか。

暗澹とした気分になったところで、身体が火照りだす。

(生理が……近いんだわ)

周期から推察すれば、二、三日後か。月経の前は必ず体温が上昇するのだが、今回はいつもと様子が違う気がする。

下腹部を中心に熱くなり、女の園がやたらムズムズするのだ。紗弥香はスカートをたくしあげ、右手を羞恥の源に伸ばした。

「あ……ンっ」

肉の突起に触れただけで、心地いい快美が身を駆け抜ける。

これまで、自慰行為に耽ったことは一度もない。興味がないわけではなかったが、そういう気持ちにならなかったのだ。

男の野蛮な振る舞いが、内で眠っていた女を目覚めさせたのか。

(あんなひどいことされたのに……)

指先を軽く上下させれば、悦楽はどんどん膨らみ、恥裂からぬめりの強い淫蜜が溢れでる。同時に、巨大なペニスが脳内スクリーンに映しだされた。

逞しく躍動する男根、スモモにも似た宝冠部に張りつめたふたつの肉玉。はち切れんばかりの剛槍は圧倒的な威容を誇り、少女の胸をナイフのごとく貫いた。

(私……おチンチン、舐めたんだわ)

無理やりとはいえ、処女のままオーラルセックスを経験し、恋心はもちろん、キスすら飛び越えて大人の階段を昇ってしまったのだ。

「はあ……やぁ」

槙田に対する憎悪は消え失せないのに、肉悦に抗えず、紗弥香は厳しい現実から逃れるように指を戯れさせた。

愛液がくちゅくちゅと淫靡な音を奏で、全神経がバラ色に染められる。

「あ……あ、い、いいっ」

指だけで、これほど気持ちよくなれるのである。ペニスなら、どんな快楽を与えてくれるのか。

甘い衝動に翻弄され、恥骨を自ら揺すった。

指のスライドが速度を増し、煮え滾った熱い思いが身体の内から迫りあがった。

「は、あ、だめ、だめっ」

槙田のほくそ笑む顔が浮かび、荒々しい行為が妄想の中で再現される。いくら懇願しても、彼は怯むことなく、獣じみた息を吐きながら怒張を眼前に突きつける。

「あっ、やっ、くっ、ン、ふぅぅっ⁉」

脳内が白い輝きに包まれた瞬間、少女はこの日、三度目のエクスタシーに達していた。

2

翌日の放課後、部活に参加した紗弥香は後進の指導にあたった。

一夜明けたあともショックは冷めやらず、欠席も考えたのだが、槙田と約束してしまった以上、無視するわけにはいかなかった。

ひょっとすると、また痴漢行為を受けるのではないか。

ふだんより三十分も早く家をあとにし、空いた電車に乗ったときはどれだけホッとしたことだろう。

昨日の出来事は誰にも話せず、もちろん相談もしていない。今は、スマホの映像を削除してもらうことだけで頭がいっぱいだった。

部活が終了し、体育館の壁時計を何度も見上げては肩を揺する。

(五時……待ち合わせの時間まで、あと二十分だわ)

後輩部員らが用具を体育倉庫に運び入れるなか、同級生の友人が心配げに声をかけてきた。

「どうしたの？　今日、元気なかったじゃない」

「そ、そう？　寝不足のせいかな」

「やだ……もう中間テストの勉強してるの？」

「そんなんじゃないわよ」

「ところでさ、このあと、ナツミとお茶していこうって話になったんだけど。どうする？　紗弥香も行く？」

「ううん……今日は遠慮しとく」

「そう、わかった。じゃ、また次の機会ね」

「うん……お疲れ様」

部活仲間は何の不審感も抱かず、スポーツバッグを手に体育館を出ていく。

これから教育実習生と密会する事実を知ったら、彼女はどんな顔をするのだろう。

用具の片づけを終えた後輩らが再び館内に現れ、美玖が目の前にやってくると、胸の奥がチクリと痛んだ。

「先輩、お先に失礼します！」

「お疲れ様」

にこやかな顔で答えるも、口元が自然と引き攣ってしまう。

ふだんは仲のいい姉妹ではあったが、決してベタベタした関係ではなく、特に部活の最中は先輩後輩の間柄に徹していた。

できれば美玖に連れ添ってほしいのだが、詳しい事情を話せば、自分以上に大きなショックを受けるに違いない。

館内に一人残され、不安の影が少女を暗闇の中に引きずりこむ。

昨夜は朝まで寝つけず、様々な思いが脳裏をよぎった。

槙田は、なぜ自分に狙いをつけたのか。どういうつもりで、教え子になるはずの女生徒に破廉恥な行為を仕掛けたのか。

もちろん、本来なら親や教師に相談する案件なのはわかっている。だが快感を得てしまった事実が頭から離れず、どうしても後ろめたいという気持ちが先走った。

(私自身で解決しないと……)

生真面目な少女は悲愴な決意を秘め、裏口に通じる鉄の扉に歩み寄った。

体育館の戸締まりをするのは、部長である自分の役目だ。

いつもなら手始めに倉庫の鍵を閉めるのだが、今日は手順が違う。

扉の陰から外をうかがうと、体育倉庫がいやでも目に入るが、槙田が来ている気配は感じなかった。

裏口の扉を閉め、内鍵をかけてから荷物の置いてある場所に取って返す。そしてスポーツバッグの中からスマホを取りだし、ボイスメモのスイッチをオンにした。

昨日のような蛮行は、二度とさせない。

彼との会話を録音し、反撃への手段にしたかった。

(これでいいわ)

スマホをバッグに戻し、自身の身体を見下ろせば、小高い胸と恥丘の膨らみ、そしてなめらかな太腿が目に入る。

（レオタードのまま、来いって言ったけど……）

練習用の純白のレオタードは生地が薄く、異性の欲情を必要以上にあおる代物なのかもしれない。紗弥香は白ジャージの上着だけを羽織り、バッグを手に校舎側に通じる扉に向かった。

外側から鍵をかけ、あたりを慎重に見渡す。

人影がないことを確認してから体育館の裏手に回ったとたん、薄暗くてひっそりした雰囲気に気分が沈んだ。

屋上への階段と同様、この時間帯、この場所なら、教師や生徒が訪れる可能性は限りなく低い。

果たして、槙田はもう来ているのだろうか。

倉庫の扉を微かに開けると、照明はついておらず、かび臭い匂いが少女の気持ちをさらに憂鬱にさせた。

（とにかく、中で待つしかないわ）

隙間から身体をすべりこませ、扉を静かに閉める。

室内にはスチール製の棚が規則正しく並べられている。通気口代わりの窓から射しこむ薄明かりだけではさすがに暗かった。

バッグを床に置いた直後、室内が突然明るくなり、視線を横に振れば、壁際にネクタイとワイシャツ姿の槇田が佇んでいる。

緊張に身を強ばらせたところで、彼はゆっくり口を開いた。

「ちゃんと来てくれたんだ」

「や、約束ですから」

「……約束？」

「しましたよね？　来れば、動画を削除してくれるって」

「ああ、そのことね」

「約束、破るんですか？」

「そんなつもりはないけど、動画はパソコンにコピーできるだろ？　スマホの動画だけ消しても、意味ないと思うけど」

怒りの感情が込みあげ、思わず拳を握りしめる。

薄ら笑いを浮かべている様子から察すれば、彼はデータをコピーしているに違いない。

「消してください。全部」

「もちろん、その予定だったよ。僕との約束を守ってくれたらね」

「ま、守ったじゃないですか！」

「僕は、レオタードで来てくれって言ったんだよ。君は、上にジャージを羽織ってるじゃないか」

「そ、それは……」

言葉に詰まるも、ここで弱気の姿勢を見せてはいけない。彼との会話は、すべてボイスメモに録音しているのだ。

「まあ、それはそれで妙に色っぽいけどね。太腿は丸出しだし、ミニスカート風に見えるかも」

好色な視線に耐えられず、紗弥香は頬を染めながら上着の裾を引き下げた。

「ど、どうして、変なことばかりするんですか？」

「あはは、決まってるでしょ。紗弥香ちゃんのことが好きだからだよ」

昨日会ったばかりなのに、下の名前で呼ぶとは、なんと軽薄な男なのだろう。しかも出会いは痴漢から始まったのだから、最低最悪という言葉しか見当たらなかった。

こんな男に、生まれて初めての告白を受けようとは……。

「君にとっては初対面かもしれないけど、僕は違うんだよ」

「……え？」

「ひと月前、新体操部の春季大会があっただろ？　その大会に親戚の子が出場しててね。応援しに行って、君にひと目惚れしたっていうわけだ。いや、びっくりしたよ。まさか実習先の生徒を好きになるなんて」

「どこの学校ですか？」

「へ？」

「その親戚の子、どこの学校に通ってるんですか？」

「まあ、いいじゃん。君に好意を抱いたのは事実なんだから」

また、嘘をついている。それ以上に、ひと月前から目をつけられていた事実に、紗弥香は大きな衝撃を受けた。

どこで自分を見かけたのかはわからないが、やはり彼は計画的に接近してきたのだ。

「好意を抱いていたなんて、信じられません」

「どうして？」

「ホントに好きなら、いきなり痴漢したり、いやらしいことするわけないじゃないですか」

「いやらしいことって？」

「そ、それは……」

どんな非人間的な振る舞いをされたか、ボイスメモに残しておかなければ……。

それがわかっていても、階段の踊り場でされた行為を口にするのは憚られた。

「そんな睨みつけないで。好きな女の子に意地悪したくなるのは、男なら珍しくないでしょ」

実習生が生徒に手を出したのだから、単なる意地悪で済まされる問題ではない。告発すれば、社会的制裁を受けるのは明白なのに、この男はなぜ堂々としていられるのだろう。

いくらでも、ごまかせると思っているのか。それほど甘く見られているのか。

(そうだわ……実習が終わったら、アメリカに行くって言ってた。やりたいことをやって、逃げるつもりでいるのかも)

槇田が近づいてくると、紗弥香ははっきりした口調で制した。

「それ以上、近づかないでください」

「どうして?」

「今日は、話し合いに来たんです。昨日は私に痴漢したあと、階段の踊り場でいやらしい行為をしてきましたよね。しかも動画まで撮って。それを削除し、二度と変なことしないって約束してください」

「おぉ、こわっ……でも、それは受けいれられないな」

破廉恥漢がさらに間合いを詰め、退路を壁に阻まれる。

「ちょっ……お、大声を出しますよ」

「電車の中でも階段でも、声は出さなかったでしょ？」

「き、昨日は……あっ、やっ」

槙田が目と鼻の先まで迫ると、紗弥香は両腕でバストと下腹部をガードした。

ボイスメモには槙田の声、そして犯罪行為を証明する会話が録音されたはず。いざとなれば、スポーツバッグを手に倉庫から逃げだすのだ。

「ちゃんと知ってるんだからね」

「な、何をですか？」

「紗弥香ちゃんがエッチな女の子で、いやらしいことに興味津々だってこと」

またもや馴れ馴れしく「ちゃん」づけで呼ばれ、怒りに目が眩む。だが彼が次に放った言葉に、初心な少女は落ち着きを失った。

「濡れてたじゃん、おマ◯コ。ぐっしょりさせて、いかにも気持ちよさそうにしてたよね？　普通の子は、あんなふうにならないよ。ひょっとして……家に帰ってから、オナニーしたんじゃないの？」

図星を指され、顔がカッと熱くなった。

暴力的な行為を受けたにもかかわらず、快感を得てしまったのは事実なのだ。しかも自慰に耽ったことまで見透かされ、羞恥に身が裂かれそうになる。

正常な思考が、一瞬にして頭から吹き飛んだ。

まともな対応策が浮かばず、激しくうろたえた。

二人きりで話し合いをするのは、無理があったのか。

世間知らずの自分が、とても太刀打ちできる相手ではなかったのだ。

（に、逃げなきゃ）

身の危険を感じ、いやが上にも防衛本能が働く。スポーツバッグを拾いあげようとした刹那、大きな手が両手首を掴み、壁際にまで追いつめられた。

「あ……やっ」

「かわいいなぁ。紗弥香ちゃん、大好きだよ」

分厚い唇が寄せられ、とっさに顔を背けてキスを躱《かわ》す。必死の抵抗を試みるも、男の力には敵わず、今度は身体がピタリと密着した。

すでに股間の膨らみは盛りあがり、ズボン越しでも強ばりの感触が伝わる。

「や、やめてください」

「最初から、その気で来たんでしょ？」

「違いますっ！」

「だめだよ、紗弥香ちゃん。素直にならないと。ホントは、もっとエッチなことしてほしいんだよね」

自尊心を傷つけられ、悲しみから涙が溢れそうだった。

人間の皮を被った狼は怯まず、さらに下劣な言葉を投げかける。

「身体、熱くなってるよ。おマ◯コ、もう濡れてんじゃない？」

「あ、くうっ」

腰をよじろうとしても身動きがとれず、少女は四面楚歌の状況に追いこまれた。

「どうせジャージを着るんなら、下も穿くでしょ。上着だけなんて、かえって扇情的な恰好をしてきたのは、無意識のうちにエッチなことをされたいという願望が働いたからだよ」

「そ、そんなこと……ありません」

あまりの悔しさから涙目になったとたん、槙田の右手が上着の合わせ目からすべりこみ、バストの頂点を軽く引っ掻いた。

「あ、ふンっ」

性電流が肌の表面をピリリと走り、意識せずとも甘い溜め息がこぼれてしまう。

卑劣漢はにやりと笑い、指先をくるくる回転させては胸の尖りを爪弾いた。

「おぉ、色っぽい声。自分じゃ気づいてないみたいだけど、頬がもう真っ赤だよ。もう昂奮しちゃってるのかな?」

全身の血が沸騰し、脳漿がグラグラ煮え立つ。

心では否定していても、肉体が反応しているのは歴然とした事実なのだ。

「紗弥香ちゃんてさ、見かけによらず、性感が発達してるんだよね」

「あっ、やっ、だめです」

バストの先端を執拗に攻めたてられ、乳頭がしこると同時に女の園がひりつきはじめた。

(あぁ……ど、どうして)

槙田の言うとおり、自分はエッチな女の子なのか。淫らな行為を、潜在意識で望んでいたのか。

ごつごつした手が下腹部に下り、恥丘の膨らみを親指と人差し指でつままれる。

「……あ」

優しく揉みこまれると、敏感な肉芽が裏地にこすれ、下腹の奥がキュンと響いた。

「うわっ、ふっくらしてて、マシュマロみたい。触り心地抜群だよ。こっちのほうは、もう準備できてるみたいだね」

「ン、ン、ふっ、ふう」

「ほうら、真ん中の筋が湿ってきた。あれ、小さな尖りがクロッチに浮きでてきたぞ。何、これ？」

「やっ、やっ……ン、ふぅ」

「また色っぽい声、出しちゃって。いい加減、素直になってごらん。やらしいとこ触られて、気持ちいいんでしょ？」

今度は中指でクリットをなぞられ、電撃にも似た快美が身を貫く。

熱い潤みが、秘裂から滲みだしているのは明らかだった。

はっきり片をつけるつもりが、またもや快楽を植えつけられようとは……。

自分の愚かさと浅はかさを呪う一方、性感はとめどなく上昇していく。

（あ、あ……やぁぁっ）

意識が混濁しはじめる頃、槙田はとんでもない要求を突きつけた。

「チンポ、触って」

た。


「や……やです」

「昨日は、さんざん触ってくれたじゃない」

そんなはしたない行為をした覚えはない。強引に握らされたのだ。

それでも熱い脈動は手のひらに残っており、逞しい牡の逸物が何度も頭を掠めた。

「それじゃ……また、おマ◯コ舐めてあげようか？」

「だ、だめです」

「どうして？　気持ちよかったでしょ？」

「あ、ン、はあぁあぁっ」

槙田は肉豆をくじりつつ、耳元に口を近づけて囁く。たったそれだけの行為で背筋がゾクゾクし、えも言われぬ甘美な感覚に困惑した。

「昨日ね、帰ってから君のパンティ、匂いを嗅いだり、チンポを押しつけたり、たっぷり堪能したんだ」

予想したとおり、この男は使用済みパンティに悪逆な欲望をぶつけたのだ。

「でも、我慢して出さなかったんだよ。もう限界なんだ」

「ひうっ！」

舌で耳たぶを舐られると、女陰に受ける感触とは別次元の快美が襲いかかる。耳にも性感帯があることを、純情な少女は生まれて初めて知った。

「さあ、触ってごらん」

右手を掴まれ、テントを張った股間に導かれる。手のひらが肉の丘陵に這わされた瞬間、熱い昂りに胸が高鳴った。

膣の奥から愛液がジュンと溢れだし、腰がもどかしげにくねる。

「ほら、コチコチになってるだろ？」

「……あぁ」

脳髄がとろとろに蕩け、両足が小刻みに震える。

荒波に揉まれた小舟のように、もはや自分の意思ではどうにもならない。

凶悪な牙を剥いた男を前に、今の紗弥香は陥落寸前だった。

3

ふにふにした耳を唇で愛撫しつつ、槙田は悦に入った。

体育倉庫を一人で訪れた時点で、美少女は蜘蛛の巣にかかった羽虫と同じなのだ。

よほど純粋培養で育てられたのか、危機管理はゼロに等しく、お人好しと言ってもいいだろう。

さらには生真面目な性格から、他言するはずがないと踏んでの密会だった。

世間知らずな女子校生など、赤子の手をひねるようなもの。とはいえ、昨日は昂奮に衝き動かされ、イラマチオや口内射精の暴挙に出てしまった。

か弱き女の子が相手とはいえ、窮鼠猫を噛むという諺がある。

しっかり、フォローしておかなければ……。

槙田は口を耳元に近づけ、甘い言葉を囁いた。

「手荒なことしちゃったけど、それだけ紗弥香ちゃんのことが好きだからだよ。君ほど魅力的な女の子、大学にだっていないよ。僕の気持ち、受け取ってよ。ね？」

「ン、ふぅぅっ」

熱い息を吹きかけるたびに、しなやかな肉体がビクビクと引き攣る。

性感はすでに臨界点を突破し、全神経が快楽一色に染まっているらしい。

喜悦に胸が弾み、牡の狩猟本能がくすぐられた。

ここまで期待どおりの反応を見せる女は、今まで出会ったことがなかった。

考えてみれば、紗弥香は十八歳。肉体的には、大人の女性なのである。

女子校育ちのお嬢様で、異性に対する免疫がなく、当然のことながら性に対しては目を背けてきたのだろう。

いたいけな女の子を目覚めさせ、性感まで開発しているのだから、まさに男冥利に尽きるというものだ。

(刺激に慣れてないだけに、よけい敏感になってるのかも)

耳たぶを甘噛みし、中指で女芯をこねまわせば、レオタードの股布が濡れそぼつ。

指をふんわり押し返す弾力に陶然としながら、槙田は乙女の花園に刺激を与えていった。

「やっ、やっ、ンっ、はあぁっ」

黒目がちの瞳がしっとり潤み、熱い溜め息が断続的に放たれる。

もはや逃げだす気配は微塵も感じられず、見るからに快楽の虜と化していた。

気取られぬようにベルトを緩め、チャックを引き下ろす。スラックスが足下にストンと落ち、トランクスが露になる。

中心部は槍のごとく突っ張り、布地には早くもカウパーのシミが浮きでていた。

自分でも、驚くばかりの昂りだ。

「パンツの上からでいいから、触ってみて」

細い手首を掴んで股間に導けば、指先が膨らみに絡みつく。すかさず手を被せて上下にこすりたてると、勃起に心地いい感触が走った。

「ああ、気持ちいいよ」

柔らかい手のひらが往復するたびに、射精欲求がボーダーラインを行ったり来たりする。

無理にでも自制心を働かせ、槙田は次のステップに進んだ。

「これ以上は、何もしないから安心して。昨日のお詫びに、今日は紗弥香ちゃんのおもちゃになりに来たんだから」

言葉の意味が理解できないのか、少女は虚ろな視線を投げかける。

「チンポ、好きなようにしていいよ」

ここぞとばかりにトランクスを脱ぎ下ろし、反り返る肉棒を剥きだしにしても、彼女はなぜか無反応のまま、股間から聳え立つペニスを見下ろした。

何もしないという言葉を信用しているとは思えないが、快楽に理性が吹き飛んでいるのか、抵抗らしい抵抗はいっさい見せない。

再び手首を掴んで促せば、少女は自ら肉棒をそっと握りしめた。

「お、おおっ」

感動に胸が熱くなり、思わず呻き声をあげる。

紗弥香は性の扉を完全に開け放ち、大人への階段を昇っているのだ。

今すぐにでも押し倒したい心境に駆られたが、槙田は荒ぶる情欲を必死に抑えて少女の自尊心をくすぐった。

「ああ、そうだよ。なかなか筋がいい。チンポ、どんな感じ？」

「熱くて……硬い」

「紗弥香ちゃんが大好きだから、こんなになるんだよ。上下にしごくと、もっと気持ちよくなるんだ」

軽く背中を押してやれば、指先が微かに動きだし、亀頭がパンパンに張りつめる。

青筋が派手な脈を打ち、鈴口から大量の我慢汁が溢れた。

（あぁ、やばい……めっちゃ昂奮する）

可憐な唇を貪りたかったが、今はペニスに向けられた彼女の集中力を途切れさせたくない。

代わりに槙田は、白い首筋に舌を這わせた。

部活で、大量の汗を掻いているのだろう。うっすらまとった汗の皮膜を舐めあげれば、しょっぱい味覚が口中に広がり、脳幹が甘く痺れた。

（た、たまらん……もう我慢できないかも）

上目遣いに探れば、少女の目は怒張に釘付けになっている。

口の中が渇くのか、喉を盛んに波打たせ、唇を舌でなぞりあげる仕草が牡の淫情をなおさらあおった。

「む、むむっ……そ、そんなにしごいたら、イッちゃうよ」

こちらの声が耳に入らないのか、抽送の速度が目に見えて増し、睾丸の中の樹液が乱泥流のごとくうねる。

このままでは、射精に導かれるのは時間の問題だ。槙田はついにクロッチの脇から指を忍ばせ、じかに恥肉へ快感を吹きこんだ。

「あ……ンっ」

「なんて、エッチな女の子なんだ。自分から、チンポをゴシゴシしごくなんて」

指先を軽くスライドさせただけで愛液が絡みつき、すべりがよくなる。

秘裂から淫液が無尽蔵に溢れだし、にちゅくちゅと卑猥な抽送音が鳴り響いた。

しこり勃った肉粒の感触をとらえるや、上下左右にあやし、くじりまわす。

「ほら、濡れてるの、自分でもわかる？　こんなに溢れちゃってるよ」

「ン、ふぅぅ、やぁぁっ」

少女は眉間に縦皺を刻み、ペニスを握りこむ手に力を込めた。

虚空をさまよう視線、ねっとり紅潮した目元。あだっぽい表情に性感が極みに達し、牡の肉がことさらいななく。

快楽から気を逸らそうとしているのか、肉幹に絡みついた指が猛烈な勢いで打ち振られ、腰の奥で甘美な鈍痛感が走った。

会陰を引き締め、負けじとクリトリスをこねまわす。

「僕の言ったとおりだろ？　紗弥香ちゃんは、ホントにエッチな女の子なんだ。いやらしいことしてほしくて、たまらないんだよ」

「ン、ン、ンっ」

「無理せずにイッちゃってても、かまわないんだよ。何度でもイカせてあげるから。ほら！　ほら！」

美少女は、予想以上にMっ気が強いのかもしれない。

言葉責めで羞恥心をあおり、指のピストンを加速させれば、彼女は双眸を閉じ、小さな喘ぎをあげては恥骨を揺すりあげた。

「あっ、あっ、ンはぁぁぁっ」

どうやらエクスタシーに導いたらしく、手筒の抽送がピタリと止まり、指先から力が抜け落ちていく。

壁に背を預けた少女を尻目に、槙田は口から大きな息を吐きだした。

あと五秒遅かったら、自分のほうが先にイカされていただろう。

股間を見下ろすと、肉筒は真っ赤に膨れあがり、鈴口から大量の前触れ液が滴っていた。

(や、やるんだ。処女を奪うんだ!)

性獣モードに突入し、目をギラギラ光らせる。槙田は紗弥香の肩を支えつつ、足を伸ばして壁に立てかけてあるマットを床に倒した。

ジャージの上着を脱がし、レオタード姿にさせてからそっと横たわらせる。

なんと、悩ましい姿なのだろう。薄い生地が身体にぴったり張りつき、瑞々しいボディラインを際立たせているのだ。

股布がずれ、左側の大陰唇が剥きだしになっている。

ふんわりした桜色の丘陵に、槙田は生唾を飲みこんだ。

恥裂は淫液にまみれ、今なら男根を容易に受けいれるのではないか。

マットに両膝をつき、先走りの液を肉筒全体にまぶす。

様子をうかがえば、紗弥香はうっとりした表情で目を閉じていた。

（ああ、挿《い》れたい、やりたい）

猛々しい性欲に衝き動かされ、肉槍の穂先が天を向く。

舌なめずりし、クロッチをさらに脇にずらすと、乙女の恥肉が燦々とした輝きを放った。

（お、おおっ！）

ぷっくりした膨らみに胸が騒ぎ、怒張が青竜刀のごとくしなる。

指の愛撫が功を奏したのか、厚みを増した陰唇が秘裂からはみ出し、包皮がズル剥けた陰核も誇らしげに見せつけていた。

ベビーピンクの女肉は何度目にしても飽きることなく、惚けてしまうほど美しい。

亀裂から覗く内粘膜はとろみの強い濁り汁を溢れさせ、ひくひくと蠢く様に狂おしいほどの淫情が込みあげた。

柑橘系と潮の香りがぷんと匂い立ち、腰椎が甘く痺れる。肉棒がひくつきを繰り返し、一刻も早い結合を訴える。

乙女の女芯を貪り味わい、ラブジュースを心ゆくまで啜りたかったが、どうやらその余裕はなさそうだ。

（チ、チンポを、おマ◯コにぶちこむんだ）

槙田は胴体を握りこみ、肉刀の切っ先を女芯に向かって突き進めた。

4

性の頂にのぼりつめた紗弥香は、心地いい余韻にどっぷり浸っていた。

頭の中にピンクの靄が立ちこめ、今は自分がどこにいるかもわからない。まるで、異次元の世界に放りだされたような感覚だった。

荒々しい息が遠くに聞こえ、凄まじい熱気が下腹部を覆い尽くす。

女陰に違和感を覚えたところで、少女は現実の世界に引き戻された。

（……あ）

目を開ければ、槙田がマットに跪き、腰を突きだしている。自分の両足はV字に開いており、股の付け根がやたらスースーした。

とば口に熱い感触を受け、異物の圧迫感に戸惑う。

慌てて頭を起こそうとした直後、陰部に鋭い痛みが走った。

「あ、やっ」

灼熱の棍棒が、入り口をグイグイ押し広げる。槙田は紛れもなく、膣内に男性器を挿入しようとしていた。

昨日今日会ったばかりの男に、女の子の大切なものを捧げるわけにはいかない。ましてや、相手は犯罪行為に平然と手を染める輩なのだ。

何としてでも、逃げださなければ……。

意を決しても、神経がまだ眠っているのか、身体に力が入らず、紗弥香は小さな声で訴えた。

「や、やめて……」

「大丈夫だよ、僕に任せて。痛くないようにするから」

槙田の顔面は充血し、赤鬼を彷彿とさせる。吊りあがった目、鋭い眼光に薄れかけていた恐怖心が甦った。

処女膜を貫通されるときは、泣き叫ぶほど痛いという話を聞いたことがある。

両足を閉じようとしたものの、逞しい腰を股のあいだに押しこまれ、無駄な努力にしかならない。

圧迫感はますます増し、少女は身をよじって痛みに耐えるしかなかった。

「や……ぁあぁあっ！」

肉の塊が淫口をくぐり抜け、乙女の花園が火傷しそうなほど熱くなる。

「ほら、先っぽが入ったよ」

閉じた目から涙がポロポロこぼれ落ち、認めたくないという気持ちから下肢が強ばった。

「力を抜いて。そんなに力んでたんじゃ、全部入らないよ」

バージンは、まだ見ぬ素敵な男性に捧げたい。その一心で必死の抵抗を試みるも、今の自分はあまりにも無力だった。

腕力で敵うはずもなく、今は相手を押しのけて脱出する気力も湧かない。

座して、過酷な運命を受けいれるしかないのか。

奥歯をギリリと噛みしめた瞬間、槙田は右手を女陰に伸ばし、女の敏感スポットを優しく爪弾いた。

「……あ」

快楽の余韻が息を吹き返し、ヒップがピクンと跳ねあがる。槙田はここぞとばかり、恥骨をしゃにむに迫りだした。

「ひっ!?」

男根が膣道を突き進み、錐で突き刺したような疼痛に見舞われる。

「あ、あぁあぁっ」

目の前の光景が涙で霞むなか、男の下腹は股の付け根にピタリと密着した。

大きな肉の塊が膣道を限界まで押し広げ、血管の脈動が粘膜を通してはっきり伝わる。凶悪な逸物を、ついに体内に受けいれてしまったのだ。

「全部入っちゃったの、わかる？　やけに、すんなり受けいれたね。ひょっとして、処女膜が破れてたんのかな？」

窮屈感は半端ではなく、緊張と戦慄から指一本動かせない。もちろん、無神経な問いかけに答える余裕などあろうはずがなかった。

槙田が結合したまま覆い被さり、口元にキスの雨を浴びせる。

そっぽを向き、双眸を閉じて非難の姿勢を見せるも、処女を喪失した事実は打ち消せないのである。

激しい憎悪とともに、黒い感情が込みあげた。

殺意を覚えるほど人を憎んだのは初めてのことで、怒りの炎がメラメラと燃えさかった。

「紗弥香ちゃんのおマ◯コ、あったかくてヌルヌルしてる。中のお肉がキュッと締めつけてきて、すごく気持ちいいよ」

槙田は身を起こし、レオタードの上から乳房をやんわり揉みしだく。

またもや快楽を吹きこもうとしているのか。乳頭が甘く疼いたが、今度ばかりは声をあげない。

唇を真一文字に結んだ直後、空いた手でクリットをまさぐられた。

「ふふっ、おマ◯コがひくひくしてる。気持ちいいのかな?」

結合した状態のまま、クリトリスを攻められ、鎮火しかけていた欲望のほむらが揺らめきはじめる。

身体の芯がジンジンと疼き、意識せずとも腰がくねりだした。

「あぁ、これ以上は耐えられないかも。動いていい?」

「だ、だめですっ」

さすがに無視できず、顔を真正面に振って拒絶すれば、槙田は好色な視線を向けている。そして口角を上げ、ストレートな質問を投げかけた。

「おマ◯コ、痛いのかな?」

疼痛はいつしか失せていたが、身が裂かれそうな圧迫感は変わらない。

抽送が始まれば、痛みがぶり返すのではないか。

恐怖心に身を粟立たせた紗弥香は、泣き声で訴えた。

「や、やめて……抜いてください」

「痛いんだ？」

反射的にコクリと頷き、行為の中止に望みをかける。

「困ったな。このまま終わるんじゃ、僕もいたたまれないし……じゃ、こうしよう。軽く動いてみて、痛かったらすぐにやめるよ。それなら、いいだろ？」

この男に、慈悲の心はかけらもないようだ。

覚悟を決められるはずもなく、沈痛な面持ちをした瞬間、浅黒い腰が引かれ、紗弥香は口元を引き攣らせた。

膣壁はひりひりしているのだが、ゆったりしたスライドのせいか、泣きわめくほどの痛みは感じない。それどころか、むず痒さのほうが強く、不可思議な感触に初心な少女は戸惑った。

「どうかな？　大丈夫そう？」

一往復、二往復とペニスが抜き差しを繰り返し、やがてひりつき感は次第に消え失せていった。

「おぉ、なんかすべりがよくなってきたけど、もしかして気持ちいいのかな？」

「ン、ンぅ」

気持ちいいなんて、ありえない。自分にとっては、生まれて初めての性交なのだ。

だが心とは裏腹に、掻痒感はピストンのたびに快感に取って代わられていく。

(あぁ……どうして？)

友人から仕入れた話は、デマカセだったのか。それとも、自分が痛みを感じない体質なのか。

無頼漢から陵辱され、快感を得るなんて……。

新体操の厳しい練習で処女膜が破れていたとは露知らず、現実を受けいれられない少女は情緒不安定に陥った。

「お、おぉ……いい、最高だ」

腰の律動はみるみるピッチを上げ、同時に肉悦が上昇気流に乗りだす。

(う、嘘っ、そんな……)

全身から余計な力が抜け落ちたところで腰を抱えあげられ、怒濤のピストンが繰りだされた。

「ひっ⁉」

男根が膣深くに挿入され、先端が子宮口を小突きあげる。

恥骨同士のかち当たる乾いた音が室内にこだまし、少女は顔を左右に振って快楽に抗った。

「やっ、ひっ、ンっ、や、はぁあぁっ」

「気持ちいいんだね！　紗弥香ちゃん、本当は僕のことが好きなんだよ‼」

図々しい言いぐさに憤怒するも、今は否定する心境になれない。

マットの端を鷲掴み、襲いかかる快楽から気を逸らすだけで精いっぱいだった。

愛液が途切れなく湧出しているのか、結合部からニッチャニッチャと淫猥な肉擦れ音が響きだす。

肉体ばかりか聴覚からも刺激を受け、脳の芯がビリビリ震えた。

「おマ◯コから、またいやらしいおつゆが出てきたよ。聞こえる？　感じてなければ、こんなエッチな音、出るわけないでしょ？」

全身を貫く重い肉の衝撃に、理性とモラルが煮崩れしていく。

「素直になってごらん。ひと目見たときから、君は僕のことを好きになってたんだよ」

認めたくはなかったが、身体が肉悦を得ているのは明らかなのだ。

生真面目でお堅い性格の少女は、アイドルやボーイフレンドに夢中になる友人らが理解できなかった。

初恋の経験すらなく、新体操ひと筋に青春のすべてをかけてきたのである。

もし、槙田と普通に出会っていたら……。

淡い恋心を抱いたとしても、指摘されなければ、最後まで気づかなかったかもしれない。

嫌いな男からひどい仕打ちを受け、快感など得るはずがないのだ。自身の肉体の変化に狼狽する少女は、あこぎな男の言い分に縋りつくしかなかった。

「僕も、紗弥香ちゃんのことが大好きだよ」

槙田がしがみつきざま耳元で囁いた瞬間、背筋がゾクリとし、膣肉の狭間から愛蜜がしとどに溢れでた。

「あ、あ……」

破瓜の痛みと抵抗感が完全に消え失せ、代わりに心地いい感覚が身を包みこんでいく。少女は無意識のうちに卑劣漢にしがみつき、押し寄せる快楽の波に身を任せた。

(ンっ、あっ、き、気持ちいい)

小刻みなストロークで膣肉を、下腹でクリットをこすられる。

悦楽の衝撃波が深奥部で甘くしぶき、全身の毛穴から汗が噴きだす。

自分でも気づかぬうちに、紗弥香は湿った吐息をこぼしていた。

「ひっ、ンっ、あっ、あっ、はぁあぁっ」

「気持ちいいんだね?」

認めたくなくても、認めざるをえない。それでも恥じらいから答えられず、今はただ槙田の腕をギュッと掴むばかりだ。

「紗弥香ちゃんって、やっぱり根っからのスケベなんだ」

「ち、違う……違います」

「何が違うの？　最初から、こんなに感じる子はいないよ」

「ン、やっ！」

腰をさらに抱えあげられ、ヒップがマットからクンと浮きあがる。

両足は開いたまま、結合部は彼から丸見えのはずで、猛烈な羞恥心が純真な少女を苛んだ。

挿入角度が変わり、男根が膣深くまで差しこまれる。同時に怒濤のスライドが開始され、張りだしたえらが膣の上部を苛烈にこすりたてる。

「やぁあぁぁあぁっ！」

岸壁に打ちつける荒波のような抽送に、紗弥香はソプラノの声を張りあげた。

「おおっ、すげえや！　ずっぽり入ってるとこがよく見える。紗弥香ちゃんのおマ◯コ、僕のチンポを根元まで呑みこんでるよ」

「み、見ちゃだめぇ」

「ビラビラが捲れあがって、エッチな汁が溢れだして。なんて、いやらしいおマ◯コなんだっ！」

ずちゅん、ずちゅん、ごきゅん、じゅぷん、じゅぷぷぷっ！

卑猥な抽送音が高らかに鳴り響き、亀頭の先端が子宮口に何度も打ちつけられた。

嫌悪感は、微塵も感じない。それどころか快楽の激流に足を掬われ、一気に押し流される。

脳裏に白い膜が張り、甘い旋律に生毛が逆立った。

悦楽のバイブレーションが脳天から突き抜け、知らずしらずのうちに身を仰け反らせた。

（こ、こわいっ）

目の前が白い光に包まれると、少女は初めて味わう感覚に総毛立った。

このままいったら、自分はどうなってしまうのだろう。

未知なる世界に恐怖心が湧き起こるも、人間らしい感情は瞬く間に官能の深淵へ沈んでいった。

「あ、あ、あ……」

「いいんだよ、気持ちよければ、我慢せずにイッちゃっても！」

槙田はにやりと笑い、渾身のグラインドで膣肉を抉りまわす。リズミカルなピストンで粘膜と子宮口を穿たれ、少女は狂おしげな表情でマットに爪を立てた。

身をよじり、喉を晒して抗おうとするも、快楽のパルスは脳幹をまんべんなく灼き尽くしていく。

（や、や、やぁあぁぁぁぁぁぁあぁっ！）

もはや声さえあげられず、紗弥香は口を引き結んで全身に力を込めた。

絶頂への導火線に火がともり、内圧がどんどん上昇していく。槙田はさらに腰をしゃくり、鋭い突きを何度も見舞っては雄々しい波動を注ぎこんだ。

性感が研ぎ澄まされ、自制心が木っ端微塵に弾け飛ぶ。

全身に牡の性が染みわたり、芯の部分が屈辱的なほど蕩けだす。

（あ、あ、あ……おかしくなっちゃう……おかしくなっちゃうっ！）

込みあげる熱い気配が大爆発を起こした瞬間、紗弥香は黒目をひっくり返し、エクスタシーという大輪の花を咲かせた。

「あ、ンっ⁉ ンっ、ンっ、ふうぅぅっ！」

頭の中が真っ白になり、恥骨が上下にガクガクわななく。

法悦のど真ん中に放りだされたところで、槙田はラストスパートとばかりに腰を打ち振った。

「ぬ、おおおっ、イ、イクっ！　先生もイクぞぉおっ！」

宝冠部が子宮口をガツンと叩き、ペニスが膣から引き抜かれる。全身は小刻みな痙攣を起こしたまま、少女はマットの上をのたうった。

口元に熱気とふしだらな匂いが立ちこめても、いまだに昂奮を孕んだ息を吐きつづけるばかりだ。

「出すぞぉおっ」

「……ンっ!?」

唇に肉の塊が押しつけられた直後、灼熱のしぶきが片頬を掠め飛んだ。続いて生臭い匂いが鼻腔にへばりつき、口の隙間にどろりとした粘液が流れ落ちてくる。

「しゃ、しゃぶって、お口できれいにするんだ」

脳幹がじんじん痺れ、今はまともな思考が働かない。

紗弥香は言われるがまま唇を開き、張りつめた肉実を口中に招き入れた。

「舌できれいにするんだ」

「ンっ、ふっ、ンぅ」

「一滴残らず飲んで、そう、おおっ……気持ちいい」

肉幹に舌を這わせて舐めあげるも、苦くてしょっぱい体液は喉に絡まり、なかなか飲みこめない。

それでも紗弥香は顔を左右に揺らし、濃厚な体液を胃の中に流しこんだ。

不思議なことに、身体の中心が再び燃えさかっていく。

胸が甘く締めつけられ、奉仕をしている自分に酔いしれる。

純真無垢だった少女は、今や牝の本能を余すことなく覚醒させていた。

第三章　可憐な妹に牙を剥く狼

1

紗弥香が処女喪失した二日後の金曜日、美玖は休み時間に槙田と廊下ですれ違い、彼の容姿を初めて目の当たりにした。

友だちから話は聞いていたが、ルックスもスタイルも噂以上で、女子校育ちの自分にとっては白馬に乗った王子様に見えた。

少しでも、彼に近づく方法はないだろうか。

淡い恋心を抱いた少女は、放課後を迎えると、すぐさま文化館の三階に向かった。

幸いにも、槙田が副担任を務める三年A組は姉がいるクラスだ。

妹だと言えば、彼の気を引けるかもしれない。少なくても、無下な態度はとらないだろう。

（お姉ちゃんは委員長をしてるし、きっと名前も顔も覚えてるはず。悪いけど、ダシに使わせてもらうね）

心の中で紗弥香に謝罪し、実習生控え室の前にやってくる。扉の上部には丸い窓ガラスがはめこまれており、廊下側から室内の様子がうかがえた。

（あぁン、もう！）

予想はしていたが、彼の周りには複数の女生徒が群がっている。

あの輪の中に入っていく度胸はなく、美玖はやるせない顔で肩を落とした。

このまま、帰るしかないのか。それとも彼女らがいなくなるまで、どこかで時間を潰そうか。

（でも、そのあいだに……先生、帰っちゃうかも）

どうやら、今回はあきらめるしかなさそうだ。

踵を返そうとした刹那、槙田が椅子から立ちあがり、出入り口に向かって歩きだした。慌てて扉の前から離れ、心臓をドキドキさせる。

ひょっとして、神様が与えてくれた千載一遇のチャンスかもしれない。

扉が開け放たれ、槙田が姿を現すと、美玖は頭を軽く下げた。

「……ん？」

「あ、あの……か、桂木美玖です」

「桂木……さん」

「はい、姉が三年A組の委員長をしてるんです」

「あ、ああ、妹さん?」

「そうですっ」

満面の笑みを返してくれた年上の男性に、乙女のハートがキュンと疼いた。

小さな顔、涼しげな目元、浅黒い肌に前髪を垂らしたヘアスタイル。洗練された雰囲気に、心を鷲掴みにされる。

女生徒がキャーキャー騒ぐのも、十分頷けるというものだ。

「そう言えば……休み時間、廊下ですれ違ったかな?」

「は、はい!　三時間目の休憩時間ですっ!」

自分を覚えていてくれた。

たったそれだけのことで、恋に恋する少女は運命的なものさえ感じた。

「僕に、何か用?」

「い、いえ、ただ……先生とちょっとお話がしたいなと思って」

「そ……そう」

槙田はなぜかいぶかしんだあと、振り返りざま扉のガラス窓に視線を振った。

女生徒らはおしゃべりに夢中で、こちらに注意を払っていない。

彼は再び真正面を向き、困惑げに苦笑した。

「あの子たち、放課後になると、いつも控え室に来るんだ。なかなか、トイレにも行かせてくれなくてね」

どうやら、槙田は用を足しに部屋を出てきたらしい。美玖は顔を真っ赤にし、たどたどしい口調で謝罪した。

「あ、ご、ごめんなさい。私のことは別にいいですから……」

「となりの視聴覚室で待っててくれるかな？」

「……え？」

「彼女たちを帰らせて……そうだな、十分ほどで行くから」

「無理しないでください。忙しいんじゃないですか？」

「気にしないで。待っててよ、ね？」

槙田がウインクし、こちらの返答を待たずに廊下を颯爽と歩いていく。

嫌みを感じさせない振る舞いに、好感度がなおさらアップした。

これが、初恋というものだろうか。

有名アイドルには接触できないが、彼はいつでも手が届く距離にいるのだ。

顔が熱く火照り、胸が締めつけられるように苦しくなる。

何にしても、槙田と二人だけで話せる機会を得られたのだ。

現実のことだとはどうしても思えず、男性に免疫のない少女は完全に浮き足立っていた。

2

視聴覚室の教壇の真横で、美玖は槙田の来訪を今か今かと待ちわびた。

時間の経過が異様に遅く感じ、壁時計を見上げてはそわそわと肩を揺する。

少女にとっては幼稚園以来の異性との接触であり、期待と不安に胸が高鳴った。

花も恥じらう十六歳の乙女は、生真面目な姉と違って恋愛願望が強く、その手の映画やドラマを鑑賞しては、こんな恋がしてみたいと憧れを抱いてきた。

理想の対象者が突然目の前に現れ、初対面時は電流がビビビッと走り抜けた気がした。

大人の男性の魅力に惹かれ、話だけでもしたいと願ったものの、姉を頼っても、失笑されるか、叱責されるだけだろう。

教育実習の期間は、わずか二週間。夢に描いた展開が起こるとは思えなかったが、わずかな可能性にかけてみたい。

連絡先を聞きだせれば、実習が終わったあとも校外で会える。

デートから甘いキスへと、少女の想像力は無限大に広がり、顔がポッポッと熱く火照った。

（でも、キスしたら……）

成人男性がキスだけで満足できるとはとうてい思えず、当然、その先の行為を求めてくるはずだ。セックスに興味がないと言えば嘘になるが、やはり早すぎる、怖いという気持ちが先立った。

（ううん、決して早くないと思う。ユカリやサトミは、もう経験済みだし）

類は友を呼ぶではないが、美玖のもとには発展的な性格の友人が集まった。

仲良しグループ五人の中で、ユカリは中等部二年のときに家庭教師相手に、サトミは先月、通っている塾で知り合ったボーイフレンドに処女を捧げた。

美玖を含めた未経験組の三人は彼女らに羨望の眼差しを向け、次は私の番だと高らかに宣言してしまったのである。

背伸びをしているという自覚はあったが、それでも大人の階段を昇ってみたいという好奇心は隠せなかった。

初体験の相手が実習生だと聞かされたら、友人らはどんな顔をするのだろう。

女生徒の注目を浴びている男性なのだから、きっと一目置かれるはずだ。そのときの光景を想像しただけで、気分が高揚した。

約束の十分が過ぎ、出入り口に視線をとめる。

(女の子たちが離してくれないのかな)

不安が頭をもたげた瞬間、扉が開き、槙田がやや疲れた様子で姿を現した。

「いやぁ、ごめんごめん。待たせちゃったかな?」

「いえ、全然大丈夫です」

喜びに頬が緩み、緊張感に心臓が拍動を始める。

ワイシャツとネクタイ姿の槙田が近づいてくると、デオドラントの香りが鼻腔に忍びこみ、清潔感溢れるイメージに乙女心が騒いだ。

「忙しいのに、わざわざすみません」

「いいんだよ。えっと……美玖ちゃんだっけ?」

「はいっ!」

槙田は一転して白い歯をこぼし、爽やかな笑顔に目が奪われる。

恋の炎はますます燃えあがり、少女は熱い眼差しをイケメンの実習生に注いだ。

「それで、話ってのは何かな？」

「……え？」

「お姉さんのことって言ってたよね？　そう言えば彼女、昨日今日と休んでるけど、何かあった？」

「あ、あの……」

美玖は、とたんに言葉に詰まった。

姉は昨日から生理で、初日はいつも欠席するのだが、今回は二日続けて休んだのだから相当重いのだろう。

生々しい話はしづらいうえに、今度は別の不安が押し寄せた。

紗弥香は妹の目から見ても、うっとりするほどの美形で、いっしょに街を歩けば、多くの男性が振り返る。

彼女のような整った顔立ちで生まれたかったと考えたことは、一度や二度ではない。

もしかすると、槙田も姉に密かな思いを寄せているのではないか。

きっかけにするつもりが思わぬ展開になり、美玖は寂しげに目を伏せた。

とにもかくにも、自分から話を振ったのだから、聞かれたことには答えなければならない。

「……寝こんでるんです」

「病気？」

「いえ、あの、その……女の子の日で」

最後の言葉は小さな声で呟き、顔を真っ赤にさせる。

恥ずかしくて、彼の顔をまともに見られなかった。

紗弥香が知ったら、烈火のごとく怒りを露にするだろう。

（お姉ちゃん……ごめん）

またもや心の中で謝罪した直後、やや困惑げな声が返ってきた。

「あ、そ、そう。お姉さんのことって言ってたから、何か悩み事でもあるのかなと思ったんだけど……そんなに調子悪いの？」

「いつものことなんです。ただ……二日続けて休んだことはなかったから、ちょっと心配で」

「ふうん、お姉さん思いなんだね」

上目遣いに様子をうかがうと、槙田は満面の笑みを浮かべている。

優しさをたたえた目に、ようやく気持ちがほぐれた。

「ひょっとして、君も新体操をやってるの？」

「はいっ、姉に憧れて中等部から入部しました！」

少しでも好かれたくて、ハキハキした返事をすれば、またもや胸の奥が疼きだす。

(連絡先をいきなり聞くのは、やっぱり失礼かな)

そう考えた美玖は、深呼吸をひとつしてから問いかけた。

「あの、先生はどこに住んでるんですか？」

「僕？　うーん……君にだったら、教えてもいいかな。鷲ノ台だよ」

「えっ⁉」

「びっくりした。どうしたの？」

「わ、私も鷲ノ台に住んでるんです！」

「ホ、ホントに？」

「鷲ノ台のどこですか？」

「三丁目。商店街のあるほうだよ」

あまりの偶然に驚嘆していると、槙田は苦笑しながら言葉を続けた。

「他の子たちには内緒だからね。誰にも言ってないんだから。もちろん、お姉さんにもね」

「は、はいっ、もちろんです！」

理由はわからなかったが、彼は自分だけに住んでいる場所を教えてくれたのだ。しかも姉にまで口外するなと言われたのだから、あどけない少女は特別扱いされたうれしさからすっかり舞いあがり、つい突拍子もない質問を投げかけた。

「先生、つき合ってる人はいるんですか？」

「へっ？」

「あ……ご、ごめんなさい。変なこと聞いちゃって」

仰天した槙田の様子から我に返り、自身の浅はかな行為を恥じる。だが彼は臆することなく、穏やかな口調で答えた。

「今はいないよ。募集中かな」

「ほ、本当ですか⁉」

「ああ、美玖ちゃんみたいにかわいい子だったら、いつでも大歓迎なんだけど」

イケメン男性の殺し文句に、心の琴線が甘く爪弾かれた。

全身に喜悦が込みあげ、生きていてよかったと心の底から思った。

もしかすると、槙田は自分にひと目惚れしたのかもしれない。

一概には信じられなかったが、廊下ですれ違っただけで顔を覚えていたのである。

心臓が張り裂けんばかりに高鳴り、唾を飲みこむことすらままならない。

次にかける言葉が見当たらずにドギマギするなか、槙田は静かに歩み寄り、温かみを宿した視線を向けてきた。

「君のほうは？」

「……え？」

「ボーイフレンドがいるんじゃない？」

「い、いません」

「信じられないよ。こんなにかわいいのに」

「……あ」

唇をさっと奪われ、目を見開く。

呆然と見上げると、年上の男性はやや照れ臭そうに告げた。

「もしよかったら、僕とつき合ってくれないかな？」

「あ、あの……」

「本当のことを言うと、廊下で会ったときから気になっちゃって、今日一日、ずっと君のことばかり考えてたんだ」

頭に血が昇り、予想だにしない展開に目眩を起こした。

まさか両思いだったとは夢にも思わず、運命の出会いともいえるシチュエーションに乙女心がくすぐられた。

「だめかな?」

首を左右に振るや、槙田はホッとした表情を浮かべ、さらに間合いを詰める。

「ありがとう、うれしいよ。実習生と教え子じゃ、面倒な部分はあるだろうけど、バレないように細心の注意は払うから」

夢見心地で佇むなか、再び唇が近づくも、拒絶する余裕は少しもない。

ぷるんとした感触に続き、今度は唇がしっかり重ね合わされ、生まれて初めてのキスに胸がときめいた。

(わ、私……先生とキスしてるんだ)

口の隙間から舌が潜りこみ、肩を小さく震わせるも、内からほとばしる高揚感が情熱的なキスを受けいれた。

「ン、ン、ふぅ」

舌で歯列や歯茎をなぞりあげられ、唾液がぷちゅんと跳ねる。

もちろん、キスの仕方などわからない。口の隅々まで這いまわる舌の感触に、ただ呆然と立ち竦むばかりだった。

やがて舌を搦め捕られ、粘膜を交換するディープキスが延々と続く。

決してレモン味ではなかったが、脳神経がビリビリ痺れ、美玖はロマンチックな状況に身を委ねた。

自分は今、大人への階段を一歩昇ったのだ。

相手は女生徒の憧れの的なのだから、体温は早くもオーバーヒート寸前だった。

逞しい胸に抱かれ、幸福感と安息感に骨の髄まで蕩かされる。

下腹に当たる硬い感触は、男性器だろうか。

先生はキスをしながら、性的に昂奮しているのだ。彼の気持ちにシンクロするかのごとく、少女の秘芯も疼きはじめた。

甘いキッスに酔いしれる最中、下腹部に異変が走る。

(……あっ)

大きな手でヒップを優しく揉まれ、驚きに理性を取り戻すも、強硬な拒絶はできない。取り乱して、子供だと思われたくなかったし、それ以上に嫌われたくないという心理が働いた。

彼の手はスカートをかいくぐり、今度はパンティ越しに双臀をまさぐられる。

ギュッギュッと鷲掴みされるたびに、恥ずかしさから腰が何度も引き攣った。

「ン、はっ、はっ、ンっ!?」

鼻から荒い息を吐くも、手の動きはいつまで経っても止まらない。

手のひらで尻肉を練られた直後、甘美な電流が股ぐらを走り抜け、身体の奥底から熱い潤みが溢れだした。

（やぁン……濡れてきちゃった）

恥ずかしさから、腰をもどかしげにくねらす。

愛液が湧出する知識は、ユカリやサトミから仕入れていた。

女の肉体はいざそのとき、男性器を受けいれる準備を整えるらしい。つまり自分の身体は今、男女の営みが可能な状態にあるのだ。

（で、でも……いきなりキスからエッチだなんて）

性衝動はとめどなく膨れあがるも、頭の隅に残る理性が牝の本能を必死に押しとどめた。

恐怖心にも似た気持ちが湧き起こり、腋の下が汗ばむ。

次の瞬間、指がパンティの裾からすべりこみ、乙女の恥芯を撫でまわした。

（あっ……やあぁぁあぁぁっ）

反射的に身体を離そうとしたものの、頑健な腕がヒップを押さえつけている。

少女の両手が虚しく空を切った直後、強烈な快感が股ぐらに炸裂した。

敏感な箇所をこねくりまわされ、強大な性電流が正常な神経回路を破壊する。

指先は荒々しい動きを見せながらも、乙女の性感ポイントを的確にとらえた。

「ンっ、ぷっ、ぷふぅぅっ」

まともな息継ぎができず、脳が酸欠状態に陥る。両足がガクガクとわななき、膝から崩れ落ちそうになる。

やっとのことで唇をほどくも、指の抽送は止まらず、慌てた美玖は両手で槙田の右腕を握りこんだ。

「あ、だめっ、だめです」

「何がだめなの？」

「だ、だって……」

「ほら、美玖ちゃんのここ、すごくエッチな音がしてるよ」

スカートの下からニチュクチュと卑猥な音が洩れ聞こえ、少女は羞恥から顔を首筋まで紅潮させた。

「や、やあぁぁあぁぁっ」

「聞こえる？　この音」

「だめ、だめっ、あ、はあぁぁあぁっ」

意識が飛ぶほどの快感だった。

自慰行為の経験はあったものの、自分の指とは比較にならぬほどの衝撃だった。

身体の内側から溢れだす淫液が淫らな音を奏で、理性を一気に呑みこんでいく。

口の中がカラカラに渇き、喉を何度も波打たせた。

脳幹で白い火花が飛び散り、背筋を青白い電流が駆け抜けた。

瞼の裏で虹色の閃光が瞬き、頂上へ向かって一直線に駆けのぼる。

（あっ、あっ……イ、イキそう）

腰をブルッと震わせた刹那、パンティから指が引き抜かれ、肩透かしを食った少女は狂おしげに身をくねらせた。

「や、はあぁあぁぁっ」

「今、イキそうだったでしょ？」

「はあはあ」

正直に答えられるわけもなく、荒い息を吐いて視線を下げる。

槙田の指は大量の淫蜜でぬめり返り、照明の光を反射してキラキラと輝いていた。

恥ずかしさから顔がなおさら火照り、熱病患者のように頭がふらつく。

「ほら、見てごらん。先生のここ」

スラックスの前面部は大きなテントを張り、ペニスが今にも布地を突き破って飛びでてきそうだ。

美玖は虚ろな眼差しを股間に向け、喉をコクンと鳴らした。

エクスタシー寸前でお預けを食らい、愛欲のほむらは深奥部でまだ燻っている。

欲情した男性器は、どんな形状をしているのだろう。素朴な疑問が頭を駆け巡り、乙女の好奇心がムクムクと頭をもたげた。

「いいんだよ。美玖ちゃんの好きなようにして」

槙田はそう言いながらズボンのベルトを緩め、自らチャックを引き下げた。

トランクスの中心が斜め前方に突きだし、頭頂部には一円玉程度のシミが浮きでている。

隆々とした漲りは、本当にペニスなのか。鉄の棒でも入れているのではないか。

美玖は本能の命ずるまま、小さな手を逞しい昂りに伸ばした。

「お……ふっ」

布地の上からそっと握りこめば、頭上から熱い吐息が放たれる。

(す、すごい)

幼い少女は、脇目も振らずに大きな膨らみを凝視した。

逸物は少しの弾力もなく、目を見張るほどの硬直を誇っている。指に軽く力を込めれば、下着の中でビクンと躍動し、グレーのシミが徐々に広がった。

見たい、じかに触りたい。

内からほとばしる情動を抑えられず、心臓がドラムロールのように鳴り響く。

「おお、気持ちいい。パンツの上から触ってるだけで、いいのかな？」

「……え？」

「捲り下ろしたいんじゃない？」

背中を後押しされ、はしたないという意識が次第に消え失せていった。

目をらんらんと光らせ、トランクスをゆっくり捲るも、出っ張りが邪魔をしてなかなか下ろせない。

布地を手前に引いてから剥き下ろすと、赤黒い男根が反動をつけて跳ねあがり、透明な粘液が扇状に翻った。

（……あ、あ）

栗の実を思わせる亀頭、がっちり根の張った肉茎、葉脈状に浮きでた青筋。初めて目にする男性器は、少女に峻烈な衝撃を与えた。

牡のムスクがふわりと立ちのぼり、鼻腔から脳幹を光の速さで突っ走る。

胸に片手を添え、気持ちを落ち着かせようにも、動悸はまったく収まらない。

それどころか、身体の芯がムズムズしだし、無意識のうちに内腿をこすり合わせてしまう。

秘裂から滲みでた愛液がくちゅんと跳ね、ぬるぬるの感触とともに敏感な箇所が甘くひりついた。

「おチンチン、見るの初めて？」

いきり勃つ牡茎に目をとめたまま、コクンと頷く。

「いいんだよ、触ってみても」

許可を受けたとたん、猛烈な好奇心が堰を切って溢れだし、美玖はためらうことなくペニスに手を伸ばした。

口の中に溜まった唾を何度も飲み、震える指を肉幹に絡ませる。

「……あぁ」

無意識のうちに、艶っぽい声が口からこぼれた。

異形の物体は指が回らず、この世のものとは思えぬ迫力を与えた。

長さや太さはもちろん、ドクドクと脈動する躍動感にはただ呆然とするばかりだ。

ユカリやサトミは、本当にこんな大きなモノを受けいれたのだろうか。

小柄な自分では、とても不可能としか思えない。

それでも性衝動は限界知らずに膨張し、乙女の花園がキュンキュン疼いた。

ひくついた亀裂から、粘った液体が滴り落ちる。

（カウパー氏腺液……ここから精子も出るんだ）

友人から仕入れた知識を思い返し、美玖は本能の赴くまま指をスライドさせた。

「お、おぉ」

槙田の口からまたもや吐息がこぼれ、肉筒がさらなるしなりを見せる。

（このまま、おチンチンをずっとこすれば……）

射精シーンを目にしたい、自分の手で放出させてみたい。

唇を舌で湿らせつつ、少女は一心不乱に怒張をしごきたてた。

意識せずとも、はあはあと荒い息が放たれる。瞬きもせずに、熱い視線を牡の肉に絡ませる。

「ぐっ、あぁ、き、気持ちいいよ」

感嘆の溜め息を聞きながら抽送を繰り返せば、じゅくじゅくした前触れ液が雁首を伝って指の隙間にすべりこんだ。

にちゅくちゅと卑猥な音が響きだし、今度は聴覚から性感を撫であげられる。

（はあはあ、や、やらし……）

性の扉を開け放った少女は、全神経を射精への一点に注いだ。

果たして、どれだけの量を出すのか。どんな匂いを発するのか。

無我夢中で肉胴の表面をこすりたてていると、恥芯に再び快美が走った。

「……あ」

槙田の指がまたもやパンティの裾から侵入し、クリットを上下左右にあやされる。

淫猥な水音が鼓膜に届くたびに、少女は泣きそうな顔で腰をよじった。

「やっ、やっ」

快感が断続的に襲いかかり、手筒のピッチが急速に衰える。

「なんてエッチな女の子なんだ。自分から、チンポをしごくなんて」

はしたない行為を指摘された直後、太い指が陰核をこねくりまわし、鎮火しかけていた絶頂感がうねりながら襲いかかった。

「だめっ……だめっ」

「何が、だめなの？　いやらしいおつゆ、こんなに溢れさせせちゃって。わかる？　自分がすごく濡れてるの」

ハスキーボイスが脳幹にジンジン響き、同時に心拍数が高まる。

（あっ……イクっ、イッちゃう）

体内にはびこる痺れが甘美な切なさに変わり、あまりの気持ちよさに喉が震えた。

四肢に力を込めても、腰を引いても、快楽の高波は絶えることなく押し寄せる。

「ンっ⁉」

指先が猛烈な勢いでスライドした瞬間、一条の光が身を駆け抜けた。

淫情をコントロールする術を失い、だめ押しの快感が理性を突き崩す。意識が焼き切れ、愉悦の海原に放りだされる。

美玖は槙田の胸に顔を埋め、性の悦びに身と心を委ねた。

3

（まさか、紗弥香ちゃんの妹が接触してくるとは思わなかったな。最初は、姉から話を聞いた妹が非難しに来たのかとビビったけど……）

美玖とは初対面ではなく、同じ車両に何度か乗り合わせていたが、妹なのか友だちなのか判断できなかった。

廊下ですれ違ったとき、美玖に視線を向けたのは、紗弥香といっしょにいることが多い少女だと思いだしたからだ。

姉はスリムな美形タイプで、妹はぽっちゃり体形のかわいいタイプ。性格も明らかに違い、性的な好奇心は妹のほうが圧倒的に強いようだ。

上背はなかったが、バストがふっくらしており、プリーツスカートから覗く太腿もやたら肉づきがいい。

紗弥香だけに照準を定めていたとはいえ、慕って近づいてくれたのだから、せっかくのチャンスを見逃す手はなかった。

(姉に続いて妹の処女を奪えたら、これほど男冥利に尽きるものはないよな。それに間近でじっくり見たら、かなりかわいいじゃないか)

くるくるとよく動く大きな目、小さな鼻、さくらんぼのような唇。小動物を思わせる容貌は男の庇護欲をそそり、性衝動を刺激するだけの魅力を秘めている。

うっとりした顔で寄りかかる少女を、槙田は猛禽類にも似た目つきで注視した。

紗弥香が二日間欠席したことから不安は拭えなかったが、予想どおり、暴行を受けた事実は誰にも話していないらしい。

懸念材料がすっかり消え失せ、牡の欲望がとどまることを知らずに噴出する。

槙田は朦朧としている美玖を教卓に横たわらせると、足側に回り、スカートの布地をたくしあげた。

（おおっ）

下着も姉とは違い、白地にブルーのラインが入ったボーダー柄のパンティだ。

ムワッとした熱気に続いて甘酸っぱい媚臭が漂うや、槙田は鼻の穴を目いっぱい開いた。

むちむちした太腿、抜けるように白い足の付け根がたまらない。

肌のきめ細かさは姉譲りで、くすみはいっさいなく、震いつきたくなるほどの輝きを放っていた。

クロッチの中心はスリットに沿ってシミが浮かんでおり、快感がまだ冷めやらないのか、内腿がババロアのごとく揺れている。

槙田は口角を上げつつ、愛液にまみれたパンティをゆっくり下ろしていった。

（今度は、十六歳の……おマ◯コだ）

ぷっくりした恥丘の膨らみに、嬉々とした表情を浮かべる。

細くて柔らかい恥毛は楚々とした翳りを作り、肥厚した陰唇は外側に大きく捲れあがっていた。

花びらの厚みから察するに、オナニーの経験があるのかもしれない。

薄い肉帽子に包まれたクリットも淫裂からはみ出し、鋭敏な尖りを誇らしげに見せつけた。

クロッチに目を向ければ、姉に勝るとも劣らぬ汚れ具合にほくそ笑む。

ねとついた粘液、レモンイエローの縦筋、粉状の恥垢と、乙女の体内から分泌した生々しい刻印に牡の血が騒いだ。

(起きてくれるなよ)

パンティを足首から抜き取り、美玖の放心状態をいいことに、裏地の船底に鼻を近づけて匂いを嗅いでみる。

柑橘系の香りに混じり、乳酪臭が鼻腔を刺し貫くと、槙田の目は瞬く間に虚ろと化した。

(あぁ……処女の匂いだ)

パンティをすかさずポケットに押しこみ、ぎらついた視線を女肉の花に向ける。

教え子である美人姉妹の下着を手に入れた実習生が、過去にいただろうか。

優越感に浸る一方、猛々しい淫情は夏空の雲のごとく膨れあがる。

槙田は開かれた両足のあいだに身を屈め、熱く息づく乙女の恥肉に唇を近づけた。

(う……おっ)

ムンムンとした熱気は姉の比ではなく、噎せ返るような香気に肉棹がひくつく。蒸かしたてのおまんじゅうを連想させる丘陵は、脳漿が爆発するほど悩ましい。目尻を吊りあげた槙田は、大口を開けて恥肉にかぶりついた。

「……あ、ぃひっ」

ヒップが小さくバウンドし、下肢に力が込められる。

太腿に頬を挟まれても、何のその。大量の唾液を送りこみ、肥厚した陰唇をじゅるじゅると啜りあげた。

「だ、だめ……せ、先生っ！」

「む、むふぅっ」

鼻から息を吐きだし、口中でねとついた肉びらを舐りたてる。

秘裂に沿って舌を這わせれば、アンズにも似た味覚が鼻から抜け、とろみがかった淫液が粘ついた。

「き、汚いです」

よほど恥ずかしいのか、美玖は頭を起こし、腰をひねって身体をずりあげようとする。逃すものかと腰を抱えこみ、槙田は甘酸っぱい秘肉をじゅっぱじゅっぱと吸いたてた。

内腿が小刻みな痙攣を始め、彼女の頭が再び教卓に沈む。

「あひっ」

クンニリングスをしながら指先で肉粒をいらうと、少女は小さな悲鳴をあげ、背中を弓状に反らした。

大きな快感が、乙女のデリケートゾーンを襲っているのだろう。

反応もよく、性感は姉以上に発達しているらしい。

至高の姉妹どんぶりに思いを馳せたとたん、ペニスがいななき、肉胴が熱い脈動を訴える。

紗弥香のバージンを奪ったとき、ペニスに破瓜の血は付着していなかった。

処女膜はすでに破れており、セックスで快感を得ていたのは間違いないのだ。

妹のほうも、中等部に入学してから新体操を始めたと言っていた。

果たして、怒張をすんなり受けいれられるのか。

「ンっ！　はっ！　やっ！　ンっ、うぅンっ！」

美玖は肉悦にどっぷり浸り、小気味のいい喘ぎをスタッカートさせる。

頃合いだと判断した槙田は、恥肉から顔を離して剛直を握りこんだ。

強い吸引を受けた花びらはさらに裂開し、淡いピンク色の内粘膜が剥きだしになっている。滾々と溢れでる甘蜜は会陰にまで滴り、男根の挿入を待ちわびているかのように思えた。

「……あ」

肉刀の切っ先を秘裂にあてがえば、美玖が不安げな眼差しを送る。

ここまで来て、中止はありえない。一度火のついた牡の欲望は、もはや行き着くところまで行くしかないのだ。

亀頭冠が艶めいた陰唇を押し広げ、ぬめり返った粘膜が先端をしっぽり包みこむ。鈴口を強烈な性電流が走り抜け、睾丸の中の樹液が熱く煮え滾る。

括約筋を引き締めて射精欲を先送りした槙田は、腰をゆっくり押し進めた。

「あ……ン、やっ」

美玖は眉間に皺を刻み、白い前歯で下唇を噛みしめる。

かなりの痛みに見舞われているのか、まるで赤子のように身を縮ませた。

(う、んむっ……こっちもかなり……キツい)

高校に進学したばかりの少女に、男女の営みは早かったのか。

いや、そんなことはない。昔なら、十代半ばで嫁いだ女性はいくらでもいたのだ。

彼女の肉体はガチガチに強ばり、媚粘膜は明らかに宝冠部を押し返していた。

行く手を阻む壁のような障害物が処女膜だろうか。

「い……痛い」

美玖は掠れた声をあげ、大粒の涙をぽろぽろこぼす。

「もう少し、力を抜いて」

「あ、ンっ」

姉のときと同様、クリットを指で優しく撫でまわすと、締めつけがいくらか弱まった。

「あ、ひっ！」

ここぞとばかりに恥骨を迫りだし、男根をグイグイと差しこんでいく。美玖が顔をひたすら横に向けるなか、槙田はやっとのことで男根を膣の奥まで埋没させた。

（やった！　生まれて初めての姉妹どんぶりだっ!!）

男のロマンをひとつ達成させ、心の底から満足感に浸る。

少女に、特別の変化は見られない。破瓜の痛みに耐え忍んでいるのか、相変わらず目を閉じたままだ。

ゆったり腰を引くと、肉胴の表面には愛液と赤い筋がまとわりついていた。

（出血はかなり少ないみたいだけど、やっぱり破れかかってたのかな？）

再び腰を押しだすと、美玖が顎をクンと突きあげる。

「や……やぁあぁぁ」

「……大丈夫?」

「う、動かないで……」

「え?」

「動かないで……ください」

そう言われても、このままの状態では射精できない。

「痛くないように動くから、ちょっとのあいだだけ我慢してね」

さざ波ピストンを繰りだせば、彼女はまたもや閉じた目から涙の雫を溢れさせる。

もっと落ち着ける場所で、処女を奪うべきだったのかもしれない。

後悔しても、あとの祭り。牡の証はすでに火山活動を始め、いつ噴火してもおかしくはない状況なのだ。

緩やかな抽送でも、結合部から卑猥な肉擦れ音が響き渡る。

媚肉がキュッキュッとペニスを締めつけ、荒れ狂う白濁の弾丸がカートリッジに装填される。

腰の律動はいつしか速度を増し、槙田は中ピッチのスライドで腰を打ち振っていた。

美玖はやはり反応を見せず、苦渋の顔つきで押し黙っている。

（あぁ、美玖ちゃんのおマ◯コもいいっ！　すぐにイッちゃいそうだ）

ふくよかな下腹部に、ぶちまけてやろうか。それとも姉と同じく、顔に振りかけ、お掃除フェラで快楽をとことん追求しようか。

射精に向けて腰をしゃくろうとした瞬間、心臓が跳ねあがった。

廊下側から、女生徒の笑い声が高らかに響いたのである。

4

（あぁン、痛いよぉ）

身体が裂かれそうな感覚に、美玖は全身の筋肉を引き攣らせていた。

友だちから破瓜の痛みは聞いていたが、まさかこれほどとは……。

子供っぽい自分に、セックスはやはり早すぎたのだ。

見栄を張って、次は私の番などと言わなければよかった。

自身の愚かさを悔やむも、今となっては実習生にバージンを捧げてしまった事実は変えられない。

（は、早く抜いて）

心の声が届いたのか、ペニスがいきなり膣から抜き取られる。

「あ……ふっ」

ホッとしたのも束の間、強引に身を起こされ、教卓の上から引きずり下ろされる。

「きゃっ」

何が起こったのか訳がわからず、少女はびっくりした表情で槙田を仰ぎ見た。

「隠れてっ」

「ど、どうしたんですか？」

「いいから、早く！」

呆然とするなか、教卓の下に無理やり押しこめられ、続いて彼も入ってくる。

「あ、ン！」

体育座りの姿勢で向かい合わせに密着し、あまりの窮屈さに息が詰まった。

視線を落とせば、槙田はズボンと下着を足首に絡めたまま両足をおっ広げている。

剥きだしのペニスはいまだに硬直を崩さず、ねっとりした愛液と赤い筋が絡みついていた。

この大きな肉の塊が、自分の身体を貫いていたとは信じられない。

頬を赤らめたところで、少女は自分が下着を穿いていない事実に気づいた。

(や、やだ)

パンティは、どこにいったのだろう。美玖は足をピタリと閉じ、秘園を隠してから小声で呼びかけた。

「……先生」

「しっ！」

言われるがまま口を閉じた瞬間、扉の開く音が響き、一瞬にして背筋が凍りついた。

(え、う、嘘っ)

つい雰囲気に流されてしまったが、校内という神聖な場所で淫らな行為に耽っていたのだ。誰かに見つかれば、停学どころか退学になりかねない。

今さらながら、罪の意識と恐怖がどっと押し寄せた。

(ど、どうしよう……怖いっ)

肩を震わせた直後、若い女性独特の甲高い声が室内に反響する。

「槙田先生、いた？」

「いなぁい」

「もう帰っちゃったのかな」

「控え室に、荷物は置いたままだよ」

二人の女生徒は、どうやら槙田のファンらしい。ますますもって、厄介な状況だった。もし彼女らに見つかれば、噂はたちどころに学園中に広がるだろう。

「照明、ついてるじゃない」

「うん、でもどこにもいないよ」

「きっと、前の授業で先生が消し忘れたんだよ。行こう」

部屋の照明が消され、扉を閉める音が聞こえる。安堵の胸を撫で下ろしたと同時に、背中を大量の冷や汗が流れた。

「ふぅ、やばかった……ごめんね、びっくりさせちゃって。しばらく、このままでいようか？」

「は、はい」

槙田は苦笑し、額に滲んだ汗を手の甲で拭う。そして、指先で美玖の髪を優しく梳いた。

室内は薄暗くなったものの、息がかかるほどの距離に胸がときめきだす。

少女の視線は、再び剥きだしの牡茎に向けられた。

やや萎えはじめていたペニスは回復の兆しを見せ、裏茎に強靭な芯が注入されていく。射精していないのだから、欲望の嵐はまだ全身に吹き荒れているのだろう。

男は放出するまでムラムラが止まらず、射精したあとは急激に冷めるらしい。

(先生も出したあと、そっけなくなっちゃうのかな?)

不安げな表情で思った瞬間、槙田がぽつりと呟いた。

「明日か明後日……」

「え?」

「うちに遊びに来る?」

「あ、あの……」

「先生、反省してるんだ。君の気持ちを考えないで、いきなりエッチなことしちゃって。落ち着いた場所で、ゆっくりおしゃべりしようよ」

「ホントに……いいんですか? 遊びに行っても」

「もちろんだよ。僕にとって、美玖ちゃんは大切な女の子だからね」

恋の炎が再燃し、心のハープが掻き鳴らされる。

高揚感に包まれた少女は、さも当然とばかりに充血の猛りに手を伸ばした。

破瓜の血を避けて指を絡ませれば、青筋がドクンと脈動し、鈴口から先走りの液がじわりと滲みだす。

胴体には、まだ大量の愛液がへばりついたままだ。

「み、美玖ちゃん？」

「先生、まだイッてないんですよね？」

「それはそうだけど……む、むむっ」

軽やかな抽送を開始したとたん、槙田の顔がくしゃりと歪み、胸がまたもや高鳴りはじめた。

「そ、そんなことしたら、気持ちよくなっちゃうよ」

「いっぱい、気持ちよくなってください」

好きな人に、喜んでもらいたい。吐精シーンを目の当たりにしたいという気持ちも変わらない。

乙女の恋愛感情が刺激され、またもや性的な好奇心が疼きだす。

怒張はパンパンに張りつめ、今や完全勃起を取り戻していた。

(このおチンチンが……私の中に入ってたんだ)

どうしても現実感が湧かず、目を見張ってしまう。

もう一度挿れてほしいとはさすがに思わなかったが、なぜか身体の奥底から再び熱い潤みが溢れだした。

鈴口からカウパーが滴り落ち、指の抽送を軽やかにさせる。

赤く腫れあがった亀頭の先端を、美玖は瞬きもせずに見つめ、放出の瞬間を今か今かと待ちわびた。

槙田も鼻息を荒らげながら口元に軽いキスを浴びせ、スカートの下に手を潜りこませる。

「あ……だめです」

膣の中にはまだ疼痛が走り、とば口は破瓜の血で汚れているのだ。

困惑げに腰をよじるも、彼は拒絶の言葉を無視し、肉芽に指腹を押しつけた。

「あ、あぁン」

クリクリとこねられただけで、甘い吐息が自然と口からこぼれる。

未熟な自分には、膣よりもクリトリスのほうが感じるのだろう。

性感が息を吹き返し、全身の細胞が歓喜の渦に巻きこまれた。

知らずしらずのうちに手に力を込め、目にもとまらぬスピードで指先を雁首に往復させた。

連動して槙田の指も動きを速め、腿の付け根からいやらしい音が響き渡る。目の前がチカチカしだし、快楽の風船玉が限界まで膨らむ。

また、エクスタシーに達してしまうのか。

自慰行為でも続けざまにイッた経験はなく、はしたなさから身悶えるも、快感電流は絶えず襲いかかり、昂奮のパルスが脳神経を灼き尽くした。

「あ、お、おぉ、イクっ、イキそうだ」

「イッて、イッてください」

上ずった声で言い放ち、前触れ液でヌルヌルの亀頭冠をこねくりまわす。次の瞬間、鈴口がパクパクと口を開き、肉筒が派手にしなった。

「おっ！　イックっ、イックぅぅぅっ‼」

「きゃンっ！」

濃厚な白濁液が、一直線に目の高さまで跳ねあがる。慌てて仰け反るも、牡の証は二回三回四回と、飽くことなき放出を繰り返した。

熱い刻印は手や腕、スカートに降り注ぎ、栗の花にも似た香りがぷんと匂い立つ。

(す、すごい)

獣じみた射精は、いつまで続くのだろう。

圧倒的な迫力に茫然自失するなか、ペニスは合計八回の脈動を繰り返し、欲望の噴出をストップさせた。

「はあはあはあっ」

熱い息が耳元にまとわりつき、女芯がジンジンひりつく。

人差し指と親指で雁首を軽くこすれば、尿管内の残滓がひと際高く跳ね飛んだ。

「やンっ」

「あ、あぁぁ、美玖ちゃん、気持ちいいよ」

お返しとばかりに、指先がクリットをつつき、上下左右に掻きくじる。

「ンっ、ふっ、だ、だめぇっ」

腰をひねって快美に抗うも、美玖はあっという間に堕淫の世界に引きずりこまれた。

バストが忙しなく起伏し、体内で生じた熱の波紋に思考が溶ける。

ザーメンの匂いが心を掻き乱し、まともな息継ぎさえままならない。

「いいんだよ。いつイッても」

「あ……イクっ、イッちゃう……先生ぇぇっ」

少女は睫毛をピクピク震わせ、ついに二度目のエクスタシーに導かれた。

腰を前後に振り、自ら法悦のど真ん中に身を投じる。

「ンっ……ンっ……ンぅぅ」

槙田の胸にしなだれかかった直後、太い腕が背中に回され、耳元で甘い言葉が囁かれた。

「美玖ちゃんはかわいくてエッチで、最高の女の子だよ」

頭を優しく撫でられ、ソフトなキスをされただけで、幸福感と満足感に心の底から浸ってしまう。

未熟な少女は、今や愛欲の炎に身を包まれていた。

第四章　女肉を疼かせるアダルトグッズ

1

翌週の月曜日、紗弥香は緊張の面持ちで美玖とともに登校した。

破瓜の痛みはそれほどでもなかったが、心と身体は大きな痛手を受けていたのだろう。処女喪失した日の夜から生理が始まり、四日間も床に伏せてしまった。

おかげで体力は回復したものの、精神的なショックは消え失せぬまま。槙田とまた顔を合わせなければいけないのだから、気分は落ちこむばかりだった。

（あとちょっとの辛抱だわ）

実習期間は今週の金曜まで。そのあと、彼は留学の準備のために渡米するらしい。

このままうやむやにされるのは納得できなかったが、相手が恥ずかしい動画を手にしている以上、やはり告発する勇気は持てなかった。

（悔しいけど、我慢するしかないのかも。でも……もっとひどいことされたらどこまで耐えられるか、自信がない。

深い溜め息をつくと、美玖が心配げに問いかけた。

「お姉ちゃん、どうしたの？　生理で、まだお腹が痛いの？」

「そっちは、終わったわ」

脳天気な妹はいつにも増して明るく、足取りもやけに軽やかだ。

悩みのなさそうな笑顔が眩しく、よけい鬱陶しく思えてしまう。癇に障った紗弥香は、ややきつめの口調で問いかけた。

「そう言えば、昨日と一昨日、どこに行ってたの？」

「……え？」

「行き先も言わずに黙って出ていったって、ママがすごい怒ってたわよ」

「私にだって、いろいろとつき合いがあるの。門限には間に合うように帰ってるんだし、なんで怒られなきゃいけないの？」

そう言いながら、美玖は頬をプクッと膨らませる。

仕草を見た限りではまだ子供としか思えなかったが、姉としての第六感なのか、どこか妙に女っぽい雰囲気が気になった。

もしかすると、ボーイフレンドができたのだろうか。

いや、美玖は、どんなときにでも真っ先に相談してくれた。仮に好意を抱く異性が現れたら、その時点でアドバイスを求めてくるはずだ。

「お姉ちゃん、じゃあ放課後ね」

不審の目を向けたところでエントランスに到着し、美玖が一年の下駄箱に向かう。

(新体操の部活……今日は出たくないな)

妹への疑念に代わり、身を守りたい、槙田のそばから少しでも遠く離れたいという防衛本能が働きはじめた。

今の自分は、狼に見据えられた子羊と同じだ。

この四日間、野獣を撃退する方法を考える一方で、紗弥香は身体が反応してしまった事実にうろたえていた。

痴漢をされたときも処女を散らされたときも、心では拒絶しながらも愉悦を覚えてしまったのはなぜなのか。

ひょっとすると、肉体がさらなる性的な快感を欲しているのかもしれない。

(ううん、そんなこと……あるわけない)

生真面目で奥手な自分の心の中に、はしたない欲望が渦巻いているとはどうしても思いたくなかった。

すべての思考を頭から振り払い、上履きに履き替えて教室に向かう。

「……桂木さん」

階段を昇りはじめた直後に背後から声をかけられ、紗弥香は胸をドキリとさせた。

肩越しに振り返れば、槙田が満面の笑みをたたえて佇んでいる。

心臓が萎縮し、頬の筋肉が強ばった。

「ずっと休んでたけど、大丈夫かな？」

誰のせいで、欠席したと思っているのか。

怒りの感情に目が吊りあがるも、非難することはできない。

彼はにこやかな顔で階段を駆けのぼり、穏やかな口調で言葉を続けた。

「ちょっと頼みたいことがあるんだけど、いいかな？」

「な、何ですか？」

「今日の四時間目、ＬＬ教室で僕のリスニングの授業があるでしょ？　運んでほしい教材があるんだ」

どんな教材なのか知らないが、自分で運べばいい。そう思いつつも、やはり強硬な拒絶はできそうもなかった。

「三時間目が終わったあとの休み時間、生徒相談室に来てくれないかな？」

「生徒相談室……ですか？」

「うん、そう」

授業の合間の休憩時間は十分。生徒相談室は扉の上部に透明の窓ガラスがはめこまれており、鍵もかけられない仕様になっていた。

わずかな時間のあいだに、不埒な行為をするのは無理なのではないか。

「ほ、本当に……」

「ん？」

「教材を運ぶだけですか？」

「ああ、もちろんだよ」

最終確認した紗弥香は、渋々頷くしかなかった。

「……わかりました」

「じゃ、よろしくね」

槙田は言いたいことだけを告げ、何事もなかったかのように階段を下りていく。

彼の目には青白い炎が宿っており、どうしても一抹の不安を覚えてしまう。

胸がざわざわしだし、少女は早くも背中に悪寒を走らせていた。

三時間目の授業が終了し、紗弥香は文化館の二階にある生徒相談室に向かった。

透明なガラス窓から室内を覗くと、槙田はすでに待ち受けている。

ノックしてから扉を開け、おずおずと歩み寄れば、彼は真向かいの席に座るよう促した。

「わざわざ、すまないね。さ、かけて」

相談室は六畳ほどの広さで、小さな机と二脚の椅子しか置かれていない。

防音設備が整っているため、会話が外に洩れることはなく、その事実が紗弥香をさらに不安にさせた。

「……失礼します」

ペコリと頭を下げ、俯き加減で椅子に腰かける。

ＬＬ教室は同じ階の隅にあり、あと五分もすれば、担任の女性教諭やクラスメートが相談室の前を通るはずだ。

槙田はさっそく床に置いた鞄に手を入れ、中から数枚のディスクを取りだした。

「これを、ＬＬ教室のブースに持っていってほしいんだ」

「……え？」

「リスニングの教材だよ」

決して重量のあるものではなく、生徒の手を借りる必要性は少しも感じなかった。

よく見ると、槙田はディスクの他に茶色い袋を手にしており、身構えながら怪訝な眼差しを送る。

「……大丈夫だった？」

「何がですか？」

「痛く……なかった？」

ムッとして睨みつけるも、卑劣漢は怯むことなく、やけに馴れ馴れしい態度で身を乗りだした。

「いや、紗弥香ちゃんのことが、本当に心配でさ……何せ、僕にとっては大切な人だから」

いけしゃあしゃあと、どの口が言うのか。

陵辱の最中は愛の告白に縋りついてしまったが、今となっては、なだめすかすための言い訳だったとしか思えない。

それでなくても、彼はアメリカへの留学を決めているのだ。冷静になれば、遊びで教え子に手を出したとしか考えられなかった。

「実はね、本当のお願いはこれなんだ」

槙田は袋の中からピンク色の物体を取りだし、目の前に差しだした。

端にコードのついた卵形の代物に、眉をひそめる。

「な、何ですか、これ？」

「ピンクローターだよ。知らないの？」

「し、知りません」

槙田は意味深な笑みを浮かべたあと、とんでもない要求を突きつけた。

「このローターを、おマ◯コに挿れてほしいんだ」

あまりの驚きに、開いた口が塞がらない。あそこに挿入する意味が理解できず、身体に害があるのではないかと鳥肌が立った。

「次の授業のあいだだけでいいからさ」

懇願を無視し、その場から立ち去ろうと椅子から立ちあがる。

「頼み、聞いてくれないんだ？」

「教材、ＬＬ教室のブースに持っていけばいいんですね？」

話を打ち切り、机の上に置かれたディスクに手を伸ばしたところで、ざらついた声が耳に飛びこんだ。

「ま、別にいいけど。その代わり、来週中には君の破廉恥動画がネット上を賑わせてるかもね」

肩がビクリと震え、指の動きが止まる。

処女を奪われた直後、槙田は約束どおりにスマホ内のデータを消したが、コピーはまだパソコン内に保存しているに違いない。

彼の手の内に切り札がある以上、自分に拒絶する権利はなかったのだ。

「実習が終わったら、すべてのデータを君の目の前で消すつもりだったんだけど、どうしようかな？」

「こ、こんなこと、いつまで続けるつもりなんですか？」

「いつまでって、実習が終わる今週の金曜までだよ。来週のアタマには、渡米するんだから。あ、それと、もう学校は休んじゃだめだからね」

今日を含めた残りの五日間、この男は恥辱の限りを尽くすつもりなのだろう。

「そんなつらそうな顔しないで。恋人同士なら、みんなやってることなんだからさ。紗弥香ちゃんを好きな気持ちは、本当のことなんだよ」

もう、そんな言葉にはだまされない。

槙田がローターとやらを手に立ちあがり、ゆっくり歩み寄る。

「さ、スカートを捲って、パンティを下ろして。僕が挿れてあげるよ」

「だ、誰かに……見られちゃいます」

今にも、相談室の前を誰かが通るかもしれないのだ。顔を青ざめさせた紗弥香は、扉のガラス窓に怯えた視線を向けた。

「扉の真横の壁に立てば、死角になって見えないよ。この時間帯に相談室を利用する人はいないだろうし、いきなり扉を開けられることもないって」

「あ、あ……」

いやいやをして後ずさるも、この状況を打開する手立てはまったく浮かばない。

「じ、自分で……挿れます」

「だめだめ、僕が挿れるって言っただろ？　さ、早く」

キッと睨みつけられ、あきらめの表情で口を引き結ぶ。紗弥香は出入り口の真横に歩を進め、振り向いてから壁に寄りかかった。

「そうそう、素直な紗弥香ちゃんがいちばんかわいいよ。それじゃ、時間もないことだし、さっさと済ませちゃおうか」

スカートの裾に手を添えれば、好色の眼差しが下腹部に向けられる。

ためらいがちにたくしあげただけで全身の血が沸騰し、今にも顔から火が出そうだった。

純白のコットンパンティが露になり、ぴったり閉じた足がぷるぷる震える。

「さあ、パンティを下ろして」

女芯は前回にまじまじ見られていたが、羞恥心は消え失せるはずもない。

「早くっ！　次の授業が始まっちゃうよ」

「……あぁ」

少女は悲痛な声を洩らしたあと、顔を背け、秘部を包む布地を下ろしていった。

熱を孕んだ息が首筋に吹きかけられ、突き刺すような視線と腰を落とした気配が伝わる。

パンティを太腿の中途まで下ろし、クロッチを確認されないように両足を閉じる。

「それじゃ、おマ○コに挿れられないよ。それとも、パンティの裏地の汚れを見られたくないのかな？」

心の内を見透かされ、激しく動揺する。

「大丈夫だよ。ちょっとぐらい足を広げたからって、汚れなんて見えやしないから。どうしても恥ずかしいなら、パンティ脱いじゃえば？」

確かに、クロッチを観察されるよりはましかもしれない。

紗弥香はスカートをいったん下ろし、基底部が見えぬよう、布地を慎重に下ろしていった。

この男は、使用済みの下着を持ち去ったのだ。足首から抜き取ったパンティをすかさずスカートのポケットに入れ、とりあえず安堵の溜め息を洩らす。

「さ、これで挿れやすくなったね。スカートを捲って、足を開いて」

指示どおりにすれば、恥肉が剥きだしになってしまう。それがわかっていても、彼の命令を拒めないのが口惜しい。

紗弥香は仕方なくスカートを上げ、申し訳程度に足を開いた。

すかさず彼の指が股ぐらに伸び、頂上の尖りをなぞられる。

「……あ」

「おほっ！　紗弥香ちゃんのおマ◯コ、丸見えだよ」

「……くっ」

「まだ昂奮はしてないみたいだね。陰唇はほっそりしてるし、クリトリスも顔を隠してる。相変わらずピンク色で、全体がふっくらすべすべしてるね」

今、目と鼻の先で乙女の花園を凝視されているのだ。まさに、穴があったら入りたい心境だった。

「匂い、嗅いでいい？」

「だ、だめです」

慌てて股間を手で隠せば、槙田はさも楽しそうに笑った。

「冗談だよ、そんな時間ないからね。さ、手をどけて。ローターを挿れるから」

「あ、あの……」

蛇のような目で睨まれると、何も言えない。

しずしずと手を外し、乙女のデリケートゾーンを再びさらけ出す。

「恥ずかしい？」

「は、恥ずかしいです」

「じっとしててね。別に怖いことなんて、何もないんだから」

「……あ」

あこぎな実習生は左手を伸ばし、大陰唇に添えた人差し指と中指をV字に広げていった。

（あ、あぁ……やっ、やっ）

花びらが左右に開き、ゼリーのような赤い粘膜が剥きだしになる。性的に昂奮しているわけではないのに、媚肉はしっとり濡れ、照明の光を反射して妖しい輝きを放った。

「あれ……ひょっとして、感じてるのかな？　陰唇も、心なしか厚みを増した感じがするけど」

「そ、そんなこと……」

「五日前、このおマ○コに僕のチンポがずっぽり入ってたんだよね。とろとろで温かくて、気持ちよかったなぁ」

恥ずかしい箇所を事細かに品評され、いたたまれなさに卒倒しそうになる。

「じゃ、挿れるからね。最初は、ちょっとひんやりするかもしれないよ」

卵形の物体が膣口に近づくと、紗弥香はまたもや顔を横に振った。

(あ、ンぅぅ)

声をあげぬよう、片手で口を覆った直後、丸みを帯びた物体が女肉の狭間にあてがわれる。

ひやっとした感触に総毛立つも、痛みはまったく感じない。

ローターと呼ばれる代物は陰唇をミリミリ押し広げ、下腹部には自然と力が入った。

媚粘膜は異物の侵入を拒んだが、槙田は膣内に無理やり押しこもうとする。

「ほうら、あともうちょっとで入るよ」

「あ、あ、ン、ふっ」

息苦しさから息を吐いた瞬間、ローターが膣口をくぐり抜け、今度はおぞましい感覚に嫌悪した。

「あ、あ……」

「ふふっ、見てごらん。全部入っちゃったよ」

恐るおそる股間を見下ろせば、股ぐらからピンクのコードが突きでている。

膣内を満たす違和感は半端ではなく、紗弥香は厳寒の地に放りだされたように身を震わせた。

「そんなに心配しないで。このコードを引っ張って、ちゃんと取りだせるんだから。さ、スカートを下ろして」

突拍子もない状況に気持ちがついていかず、放心状態のまま佇む。

「どうしたのかな、そんなにおマ○コ見てほしいの？」

からかいの言葉を受け、我に返りざまスカートを下ろせば、ローターが膣壁をこすり、紗弥香は苦悶の表情で口元を歪めた。

「おっと、そろそろ授業開始の時間だ」

槙田は腕時計に目線を落とし、教師然とした表情に変わる。

「紗弥香ちゃん、先に教室へ行ってくれるかな」

「下着……穿いてもいいですか？」

「だめだ。そのまま、下着を穿かずに授業に出るんだよ」

「そ、そんな……」

「いいね？」

低い声で念を押され、少女は口を噤《つぐ》むしかなかった。

先日同様、またもやノーパンで過ごさなければならないとは……。

(それにしても……いったい何を考えてるの)

こんなものを挿れられて、性的に昂奮すると思っているのだろうか。人格を否定されたような気持ちになり、紗弥香は悔しげに俯いた。

「CDはいいよ、僕が持ってくから」

卑劣漢は再び意味深な笑みを見せるも、少女の視界には入らない。体内に埋めこまれたローターの異物感に、ただ困惑するばかりだった。

2

相談室をあとにした紗弥香は、たどたどしい足取りでLL教室に向かった。

足を踏みだすたびに卵形の物体が粘膜を刺激し、どうにも落ち着かない。

それにしても、こんなことをして、いったい何の意味があるのだろう。

(四時間目の授業のあいだだけって、言ってたけど……)

槙田の思惑が理解できず、得体の知れない不安だけが忍び寄る。

LL教室に到着すると、クラスメートは教室内のあちらこちらで楽しげにおしゃべりしていた。

膣内に異物を挿入している事実を知ったら、彼女らはどんな顔をするのか。声をかけられぬよう、こそこそ入室した少女は最後方の窓際の席に腰を下ろした。

同時に四時間目の授業開始のベルが鳴り、とりあえずホッとする。

クラスメートが慌ただしく着席すると、槙田が前方の扉から現れ、紗弥香はいたたまれない気持ちのまま挨拶の号令をかけた。

「今日は、皆さんのリスニング力がどの程度のものか、試させていただきたいと思います。プリント、後ろに回してくれるかな?」

教室内がざわつくなか、真っ白な用紙が配られ、後方の扉から担任の女性教論が静かに入室する。

「今から教材のテープを流しますので、よく聞き取って、のちに質問する答えを記入してください」

用紙が最後列まで回され、槙田が教室内に隣接したブースの扉に向かう。次の瞬間、膣内に埋めこまれた物体が唸りをあげて振動した。

（ひっ⁉）

ローターが膣肉を抉りまわし、身を屈めて声を押し殺す。

ピンクローターとは、バイブレーター機能のあるアダルトグッズだったのだ。

上目遣いに様子を探れば、槙田はズボンのポケットに右手を入れていた。

おそらく、このグッズはリモコンで遠隔操作できるに違いない。

（ポ、ポケットに……リモコンを入れてるんだわ）

まさか、小さな卵形の物体にバイブ機能があろうとは……。

紗弥香は周囲に気取られぬよう、無理にでも平然とした態度を装った。

ブースの前面には大きなガラス窓がはめこまれ、中の様子がうかがい知れる。

槙田はこちらを見つめてほくそ笑んだあと、すぐさま機器の操作に移った。

（な、なんてことなの）

ローターの微振動は途切れることなく、膣内粘膜に刺激を与えつづけている。

果たして、授業が終了するまで辛抱できるだろうか。いや、どんな事態になろうと、我慢するしかないのだ。

無意識のうちに両足を狭めれば、ローターはなおさら膣壁に食いこみ、快感のほむらがチロチロと揺らめきだす。

（ン、ンぅぅっ）

とたんに全身が火のごとく燃えさかり、早くも額に脂汗が滲んだ。

となりの席にクラスメートは着席しておらず、女性教諭は出入り口に近い場所に佇んでいる。

（大丈夫……派手な動きをしなければ、気づかれることはないはずだわ）

気持ちを奮い立たせ、悪夢の五十分を切り抜ける決意を固めるや、スピーカーを通して槙田の声が響き渡った。

「それじゃ、今から流しますね。用意はいいですか？」

スカートの下からは、低いモーター音が絶えず洩れ聞こえている。教室内がしんと静まり返ると、紗弥香は誰かに気づかれるのではないかとヒヤヒヤした。

スピーカーから流暢な英語が流れだし、日本へ観光に訪れた外国人カップルが感想や意見を交わしている。

女生徒らは耳を傾け、ときおりノートにメモしていたが、難しい英単語は含まれておらず、ふだんの状態なら難なく理解できる程度の英会話だ。

それでも女芯に走る感触が気になり、詳細な内容が頭に入ってこない。

紗弥香は拳を握りしめ、ローターの微振動にひたすら耐えた。

腰の奥がジンジン痺れ、打ち寄せる快感の間隔が徐々に狭まっていく。

(あ、あ……き、気持ちいい)

媚肉の狭間から愛の蜜がじわりと滲みだし、少女は意識的に身を引き締めた。

ハンカチで汗を拭い、拳を握りしめるも、快感の上昇は少しも緩まない。やがて愛液が秘裂から溢れだし、腰を微かにくねらせれば、ぬめった感触が股ぐらに走った。

(ああ……いや)

内から湧出する体液はとめどなく滴り、股間の中心がねとついてくる。秘裂から溢れているのは明らかで、悲しみと情けなさから睫毛に涙が滲んだ。

英会話は十五分ほどで終了し、教室内に安堵の溜め息が響く。

授業終了まで、あと三十五分。この調子で、どこまで我慢できるだろうか。

椅子から立ちあがった槙田はブースの扉を開け、大股で教壇に歩み寄った。

「マイクとカレンの会話を聞いてもらいましたけど、内容は理解できたかな？　それでは、これから僕が質問していくので、答えを解答用紙に書き記していってください。まずは、二人はどこの国からやってきたのでしょう？」

頭がボーッとし、言葉がよく聞き取れない。それでも紗弥香は気力を振り絞り、槙田が投げかける問題をそつなくこなしていった。

「さあ、今度はちょっと難しいぞ。会話の中でマイクの母親の話が出たけど、彼女の出身地、来日回数、どんな目的で日本にやってきたのかな？」

ここに来て、ペンの動きがピタリと止まる。

(だめだわ……全然思いだせない)

出身地はわかったものの、残りふたつの質問はいくら脳みそを絞っても出てこなかった。

槙田が手を後ろに回し、生徒らの様子を見ながら教室内を巡回しはじめる。

閉じた足の両内腿が汗で粘つき、不快なことこのうえない。壁時計を見やれば、授業終了のベルまで残り十五分を切っていた。

(あぁ……早く終わって)

心の底から懇願した直後、槙田の姿が視界に入る。

涼しい顔、飄々とした態度が何とも憎々しい。目を合わせぬよう、さらに身を屈めたものの、紗弥香は凄まじい緊張感に身を強ばらせた。

女性教諭の目があるのだから、不遜な対応は見せられないはず。彼が一メートル先で踵を返すと、安心感から小さな息をついた。

（……え？）

軽く頭を上げたとたん、槙田の右手が再びズボンのポケットに忍びこむ。

次の瞬間、ローターは回転率を増幅させ、すっかりこなれた膣肉をこれでもかと抉った。

（ひっ⁉　ぃいぃいぃいっ‼）

ちっぽけな自制心など吹き飛ぶほどの快楽に見舞われる。それでなくても、膣内粘膜は四十分近くも刺激を受けつづけていたのだ。

股間を片手で押さえつけるも、女の悦びは抑えられず、性感はあっという間にボーダーラインを飛び越え、甘い衝撃が少女を忘我の境地へといざなった。

（あ……やっ、イクっ……イクっ）

媚肉がキュンキュン収縮し、腰を微かに揺すりたてる。

（イックぅぅぅンっ）

悦の世界に身を投じた紗弥香は双眸を閉じ、絶頂の余韻にどっぷり浸った。

もちろん、快楽の衝撃波は途切れることなく媚肉をこすりつづけている。

どうやら、ローターは膣壁を通して膀胱まで刺激を与えているらしい。快美ばかりか尿意まで催し、脂汗が頬を伝って滴り落ちた。

(も、もう……止めて)

汗まみれの顔をハンカチで拭い、縋るような視線を向けるも、教壇に戻った槙田は素知らぬ顔で質問を続けた。

「さあ、これが最後だよ。マイクとカレンの宿泊場所、滞在日数、何日に母国に戻るのか」

彼の言葉はもう耳に入らず、全身の血が煮え滾る。快楽のパルスに脳波が乱れ、性の悦びに骨の随まで蕩かされる。

(あ、やっ、また……)

快感の奔流に足を掬われ、紗弥香は二度目のエクスタシーに呑みこまれた。

(う、ン、ふっ、ふぅ！)

おそらく、愛液は垂れ流しの状態なのだろう。足の付け根は蒸れに蒸れ、灼熱の亜熱帯と化している。

下肢に力が入らず、もはや踏ん張ることすらできない。

授業の最中にアダルトグッズをあそこに挿れ、快感に打ち震える女生徒がどこにいるのか。

はしたない状況を担任はもちろん、クラスメートにも知られたくなかった。

ともすれば崩れ落ちそうな気持ちを奮い立たせ、毅然とした表情を繕うも、ローターは遠慮なしに性感ポイントをくじりまわす。

(我慢するの……あと……もうちょっとの辛抱なんだから)

自分に言い聞かせた直後、まがまがしいアダルトグッズはさらなる唸りをあげて膣肉をほじくり返した。

(嘘っ！　嘘よ……あ、やあぁあぁあぁあぁあっ!!)

槙田がみたびポケットに手を差し入れた光景は目に入らない。

リモコンのスイッチは、「弱」「中」「強」の三段階あったのだ。

強力な振動が膣内から脊髄を駆け抜け、目も眩むような快美が思考をとろとろに蕩かせる。

抵抗虚しく、紗弥香は俯いたまま三度目の絶頂に導かれた。

(ンっ、ンっ、ンっ……あ、ふぅぅぅっ)

足の爪先を内側に湾曲させ、腰を前後にひくつかせる。同時にチャイムが鳴り響き、槙田が声を張りあげた。

「それじゃ、用紙を前に回してくれるかな！」

もちろん彼の言葉は耳に届かず、恍惚とした表情で肉悦を享受する。前の席の女生徒に肩をつつかれ、紗弥香はようやく我に返った。

「どうしたの？　寝てたの？」

「……え？」

「なんだか、ボーッとしてるよ。顔が赤いけど、熱でもあるの？」

「ううん、単に寝不足なだけ」

友人はそれ以上問いかけず、手にした解答用紙を前の席のクラスメートに回す。

横目でさりげなくうかがうと、女性教諭はまったく気づかなかったのか、ＬＬ教室から退出するところだった。

ここで机に突っ伏し、初めて荒い息を発する。

全身が痺れ、椅子から立ちあがれない。ローターのスイッチはオンのまま、悪逆な振動を続けているのだ。

3

今や少女の女芯は、おびただしい量の愛液でぬめり返っていた。

机に伏せた少女の周りを、三人の女生徒が心配げに囲む。

紗弥香が顔を上げ、微笑を浮かべて言葉を返すと、クラスメートらはホッとした表情で教室を出ていった。

(寝不足あたりを、言い訳にしたのかな)

今、室内にいるのは自分と紗弥香の二人だけ。昼の休み時間は一時間と、たっぷりあるのだ。

ブース内に戻っていた槙田はにんまりしつつ、マイクで呼びかけた。

「大丈夫かい？　立って、こっちに歩けるかな？」

少女は身を起こしたものの、俯いたまま椅子から立とうとしなかった。

ローターは強烈な振動を繰り返しており、腰が抜けているのかもしれない。

(……仕方ないか)

槙田はリモコンをポケットから取りだし、ガラス窓越しに紗弥香に向けてからスイッチをオフにした。

「これで歩けるだろ？」

果たして、乙女の股ぐらはどんな状態になっているのか。考えただけで、喜悦が込みあげる。

少女は椅子から腰を上げ、ブースに向かっておずおずと歩きだした。

ローターが膣肉をこすりたてるのか、彼女は足を踏みだすたびに苦悶の表情を浮かべる。

（ふふっ、俺と美玖ちゃんができてることを知ったら、どんな顔をするのかな）

昨日一昨日と、槙田は美玖を自宅マンションに呼びつけた。

恋人らしい語らいから熱い思いを伝え、キス、ペッティングとソフトな行為で乙女の恋愛感情を刺激したのである。

十六歳の乙女は恋に恋する状態で、明らかに自分に対してほの字になっていた。

昨日の日曜日は二度目の情交に及び、完堕ちさせたと言ってもいいだろう。

一年生の女子からすれば、大学生の男性はかなり大人に見えるのかもしれない。

世間知らずな少女を堕とすことなど朝飯前、赤子の手をひねるも同然だ。紗弥香を除いては……。

美貌と清廉さを兼ね備えた彼女ほど魅力のある女性は、これまで出会ったことがなかった。

身体ばかりでなく、何としてでも心を手に入れたい。

荒々しい牡の欲望が脳裏を占め、俄然やる気が漲った。

（今日こそ、完全に堕としてやるからな）

ブースの扉が開けられ、紗弥香が俯き加減で歩み寄る。

頬は桜色に染まり、目は虚ろ。額と細い首筋には、汗がうっすら浮かんでいた。

ピンクローターは、いたいけな少女に大きな快感を与えたようだ。

幸いにも、破瓜の痛みは消え失せているらしい。槙田は回転椅子に腰かけたまま足を組み、手にしたリモコンのスイッチを再びオンにした。

「……あ、ンっ⁉」

美少女は一メートル前方でピタリと止まり、股間に両手をあてがう。美脚を小刻みに震わせ、切なげな顔で唇を噛む仕草がやたら悩ましかった。

離れた場所でも、彼女の佇む位置からふしだらな熱気が伝わってくる。

仄かに香る甘酸っぱい媚臭は、陰部から放たれる発情臭か。

「や、やめて……ください」

「いいの？　やめちゃってても。気持ちいいんでしょ？」

「あ、あ、ンくぅ……いやっ」

スイッチを「強」に変えれば、紗弥香はやけに艶っぽい声をこぼす。

「そのローター、けっこう効くだろ？　授業のあいだ、君の様子ばかりが気になっちやってね。あれやこれや想像して、チンポがもうビンビンだよ」

両足を開き、股間のマストを見せつければ、少女は恥ずかしげに視線を逸らした。緩やかに波打つバスト、唇のあわいから洩れる湿った吐息。同年代の女性なら、この時点でペニスに貪りついてくるのだが、完全には理性を捨てきれないのだろう。さすがは高貴な美少女で、ひと目惚れしただけのことはある。

初々しい反応に牡の本能がざわつき、股間の逸物がドクンと脈打った。

一刻も早く挿入したかったが、至高の喜びはぎりぎりまでとっておきたい。

「どうしてほしい？」

捕らえたネズミをもてあそぶ猫のように、槙田は乙女の羞恥心をあおった。

「おマ◯コ、愛液でぐちゃぐちゃになってるんじゃない？　きっと、内股のほうまで滴ってるんだろうね」

「スイッチを……」

「ん？」

「スイッチを切って……取ってください」

紗弥香は腰を引きざま、初めて黒曜石にも似た瞳を向けた。

焦点はまるで合っておらず、請うような眼差しがたまらない。征服願望を満足させた槙田は、当然とばかりに次の指示を出した。

「ローターを抜くんだったら、スカートを上げないと。もっとこっちに来て、捲ってごらん」

紗弥香は眉をひそめるも、我慢の限界を迎えているのか、ためらいがちに歩を進める。そしてスカートの裾に手を添え、ゆっくりたくしあげていった。

真っ白な太腿がさらけ出され、ムンムンとした熱気が立ちこめる。

柔肌は見るからに汗ばみ、くっきりしたY字ラインが猛々しい劣情を催させた。

足は閉じたままだったが、股ぐらから低いモーター音とともに牝のフェロモンが匂い立つ。

鼻をひくつかせた槙田は、前屈みの体勢から内腿に手を伸ばした。

「ちょっと足を開いてみて」

「あ、やっ」

下肢に力が入らないのか、難なく両足を広げさせると、足の付け根から内腿にかけて大量の愛蜜がまとわりついていた。

「ンっ、ふっ！」

秘割れに指腹を軽く押しつけただけで、粘った淫液が透明な糸を引く。

「うわ……すごいや。見て、これ」

指先を掲げれば、紗弥香はそっぽを向いて唇を歪めた。

「ものすごい糸引いてるよ。あぁ、エッチな匂いを発してる。ほら、嗅いでごらん」

濡れた指を鼻先に突きつけても、彼女はさらに身をよじって拒否するばかりだ。

「仕方がない。じゃ、取ってあげるか。じっとして、動いちゃだめだよ」

身を近づければ、さらなる媚臭が鼻腔に突き刺さり、性感覚をこれでもかと撫であげる。

荒れ狂う情欲を自制した槙田は、秘裂から突きだしたコードをつまんだ。

（おマ◯コが充血して、陰唇も飛びでてる。クリトリスも顔をちょこんと出しちゃって、すっかり食べ頃じゃないか）

喉をゴクリと鳴らし、コードを軽く引っ張ると、紗弥香が小さな悲鳴をあげた。

「ひっ⁉」

腰が引き攣り、とば口がすかさず閉じる。

ローターが粘膜をこすりあげ、猛烈な快感を吹きこんでいるらしい。

眉尻を下げた少女の額に、小さな汗の粒がびっしり浮かんだ。

「なかなか取れないなぁ。おマ◯コに、へばりついちゃってんのかな？」

からかいの言葉をかけ、コードをツンツンと引っ張る。
「ンっ、ンぅぅっ！」
恥骨を前後に振る仕草にズボンの下のペニスが跳ね躍る。やがて肉びらの狭間から
ピンク色の物体が顔を覗かせた。
たっぷりの愛液をまとったローターが、ヴヴヴッと機械音を響かせながら振動して
いる。今度は力強く引っ張れば、陰唇がミリミリと広がり、卵形の物体が膣からスポ
ンと飛びだした。
「ン、はあぁぁあぁぁぁっ！」
紗弥香は腰を曲げ、狂おしげな声を張りあげる。そして軽いアクメに達したのか、
形のいいヒップをふるんと揺すった。
ローターは勢い余って指から跳ね飛び、床の上を転げまわる。リモコンのスイッチ
を切ったとたん、しなやかな肉体がこちらに向かって倒れこんできた。
「……おっと」
慌てて、捲られたスカートごと腰を押さえつける。
「はあはあはあっ」
紗弥香は濡れた唇を開き、狭間から熱い吐息を絶え間なく放った。

膣内を駆け巡る快感を全身全霊で享受しているのか、今にも涎がこぼれ落ちてきそうだ。

(おおっ、下の口は愛液がこぼれ落ちてる)

つららのように伸びた愛液の雫に目を見張りつつ、槙田は熱化した股ぐらに右手をすべりこませた。

すっかり溶け崩れた恥肉を指腹で撫でつけ、リズミカルなスライドを開始する。

「あ……やっ」

「や、じゃないでしょ？　こんなにぐちょぐちょにさせといて。なんて、エッチな女の子なんだ」

愛液がニッチャニッチャと猥音を奏でるなか、厚みを増した肉びらの感触に心酔する。彼女の性感が、今や高みを極めているのは間違いないのだ。

抵抗感はまるでなく、槙田はスムーズな律動に破顔しては言葉責めを繰りだした。

「クラスメートが君の本性を知ったら、さぞかしびっくりするだろうね。いやらしいおもちゃをおマ◯コに仕込んで、こんなに愛液垂れ流してるんだもの」

「それは……先生が無理やり挿れたから……ンっ、はっ、くふぅ」

「しかも授業のあいだ、ずっとノーパンでいたんだからさ。もしかすると、忘れ物をした生徒が教室に戻ってくるかも」

「ああっ、いやっ！」

怯えた視線が教室側に注がれるも、紗弥香は逃げだす素振りを見せない。

「はは、大丈夫だよ。下半身のほうは、向こうから見えないから。君がちゃんと立っていれば、不審に思われることはないさ」

槙田はそう囁き、指のスライドをさらに加速させた。

「あぁ、あぁっ、うふぅぅっ！」

性感はリミッターを振り切ったまま、またもや肉悦の奔流に押し流されたようだ。

腰を支えていなければ、今にも膝から崩れ落ちそうな乱れっぷりだった。

「だめ……だめです」

「何が、だめなの？」

「お、おトイレに……行かせてください」

美少女の哀願に、心臓の鼓動が跳ねあがる。

（そうか！　ローターの振動が、膀胱を圧迫してたんだな）

彼女がつらそうな表情をしていたのは、快感ばかりでなく、尿意を催していたからなのだ。

槙田は舌なめずりしたあと、揃えた中指と薬指を割れ目にあてがった。

「……あ」

紗弥香は股間に視線を落とし、目をカッと見開く。

ぬめり返った恥肉を割り開き、徐々に押しこめば、指先はさほどの抵抗もなく膣道を突き進んでいった。

「いっ、ひぃいいっ！」

「すごい、中がとろとろだ。ローターでこれほど感じてたんだから、もう痛みはないはずだね？」

彼女は何も答えず、切なげな顔で挿入部を注視する。

膣内粘膜はすっかりほぐれ、熱い柔肉が指をしっぽり締めつけた。

上目遣いに様子を探れば、破瓜の痛みが残っているとは思えない。

ヌメリ具合も依然として変わらず、槙田は指を奥まで挿し入れてから再び少女を仰ぎ見た。

「紗弥香ちゃんのおマ◯コ、僕の指を全部呑みこんじゃったよ」

「ああ、ああっ」

またもや快感が襲いかかっているのか、ソプラノボイスが震えている。

「ふふっ、気持ちいいんだね？　もっともっと気持ちよくさせてあげるよ」

続いて指先を軽く折り曲げ、膣天井にある梅干し大のしこりをやわやわと揉みこめば、黒目がちの瞳に動揺の色が走った。

激しい尿意に見舞われたのだろう。腰が微かにわななきはじめ、膣の入り口がキュンと引き締まる。

槙田は紗弥香の美貌を見据えたまま、Ｇスポットに執拗な刺激を与えた。くるくると撫でまわし、はたまた上下左右にこすりたて、膀胱に向かってクイッと押しあげる。

「あ、あ、だ、だめ……だめです」

「どうしたの？」

「で、出ちゃいそうです」

「いいんだよ、出したって。紗弥香ちゃんがお漏らしするところ、先生がいやというほど見ててあげるから」

「そ、そんな……はぁあぁぁっ!?」

指の抽送をトップスピードに上げて、小さなしこりを丹念にこねまわす。

ぐちゅ、ぐちゅ、ずちゅん、じゅぷぷぷぷっ！

恥割れからは濁音混じりの水音が鳴り響き、愛液の雫があたりに飛び散った。

「ほうら、ここが気持ちいいんだろ？」

「あぁあぁ、はぁあぁぁ、やっ、やあぁあぁあっ」

ヒップが前後にスライドし、股ぐらから酸味の強い恥臭が立ちのぼる。肉びらがアケビのごとく裂開し、ズル剥けた陰核がボリュームいっぱいに膨れあがる。

「あ、あ、あぁぁぁっ！」

裏返った声が鼓膜に届いた瞬間、秘割れの上部から透明なゆばりがほとばしった。

「おおっ、見てごらん！　潮を吹いたぞっ！」

「いやあぁあぁっ！」

紗弥香は愕然とした表情で股間を見下ろすも、潮の噴出は止められない。

ビュッビュッと跳ね飛んだ淫水は、床に大きな池だまりをいくつも作っていった。

「いいんだよ！　遠慮せずに、もっと出してもいいんだよ！　ほら！　ほらっ‼」

腕を猛烈な勢いで振りたてれば、ポンプで吸いあげたように潮が立てつづけに飛び跳ねる。

十回ほどの射出を繰り返したところで、精根尽き果てたのだろう。紗弥香は腰砕けになり、女座りの体勢で床に腰を落とした。

「はあはあっ」

二人の口から荒い息が洩れ、毛穴から大量の汗が噴きだす。

（こっちも……我慢できないぞ）

槙田はベルトを緩め、椅子に座った状態でズボンをトランクスもろとも剥き下ろした。

下着の中に押しこめられていた肉棒がジャックナイフのごとく飛びあがり、汗臭い媚臭が自身の鼻先まで立ちのぼる。

鬱血した亀頭冠、えらの突きでた雁首、稲光を走らせたような肉胴。自分の目から見てもおどろおどろしい牡器官は、すでに臨戦態勢を整えていた。

俯いたままの紗弥香に邪悪な目を向け、椅子ごと歩み寄り、大股を開いて肉棒を突きつける。

「君のせいで、チンポ、こんなになっちゃったよ。さ、今度は僕を気持ちよくさせてくれ」

紗弥香はしばし間を置いたあと、顔を上げざま、ロングヘアを片手で掻きあげた。

おもねるような眼差しを怒張に向け、しっとり濡れた瞳に輝きが増していく。

「座りこんだ状態なら、外からは見えないから」

まだためらいを捨てきれないのか、彼女は微動だにしない。

「さ、早く」

背中を後押しし、意識的にペニスをしならせたとたん、美少女はすべすべの手をそっと伸ばした。

「う、んむっ」

細長い指が肉幹に絡まるや、艶やかな唇のあわいから薄い舌が差しだされ、美貌が肉棒に近づいてくる。

舌先で鈴口から溢れた前触れ液を掬い取られた瞬間、腰に熱感が走った。

紗弥香は眉尻を下げたまま、先端の肉実を口中に招き入れる。

フェラチオをしろとは指示していない。気持ちよくさせろと言っただけなのに、真面目でおとなしく、上品な美少女が今、男根を自らの意思で舐りまわしているのだ。

昂奮と喜悦が入り混じり、純真無垢な乙女を堕淫の世界に引きずりこんだ満足感に酔いしれた。

「ン、ふっ、ふぅぅっ」

巧緻を極めたテクニックなどあろうはずもなかったが、頬を窄め、鼻の下を伸ばし、懸命に男根を舐る表情がみだりがましい。

ぴちゃ、くちゅ、ちゅぷ、じゅる、じゅぷぷっ。

唾液の跳ねる音が高らかに響き、槙田の性感をさらなる高みに引きあげた。

「うん、そう、そうだ……もっと舌を動かして、唾をいっぱい垂らして」

口唇の端から清らかな唾液が溢れだし、ぬるぬるの感触がよりいっそう強くなる。

生温かい口内粘膜が肉胴にまとわりつき、油断をすれば射精への導火線に火がともりそうだった。

「もう少し、深く咥えてごらん」

穏やかな口調で告げれば、紗弥香は男根をズズーッと呑みこんでいく。息苦しいのか、眉間に皺を寄せた苦悶の表情が、サディスティックな気質をあおりたてた。

「いい、いいよ。顔を上下に……む、むうっ」

最後まで言わずとも、少女は首を打ち振り、剛直に快美を吹きこんでいく。

決して激しいスライドではなかったが、これまで経験したどのフェラチオよりも気持ちがいい。

鼠蹊部の皮膚が引きつり、両足を一直線に突っ張らせた。

涎が肉胴を伝って滴り落ちる光景も、昂奮のボルテージを臨界点まで追いつめた。

睾丸が吊りあがり、白濁の溶岩流が射出口に向かって集中する。

もはや、これ以上は我慢できそうになかった。

一刻も早く結合し、思いの丈をたっぷり放出したい。おそらく、紗弥香も同じ気持ちだろう。

「ん、むふぅぅっ」

荒々しい息を吐いた槙田は腰を引き、ペニスを口から抜き取った。

美少女は胸に手を添え、伏し目がちに軽く噎せる。

「はあはあ……立って」

腕を掴み、床から強引に立たせたあと、槙田は椅子を教室に通じる扉の前方に移動させた。

「ここなら教室から見えないし、安心だろ？　さ、おいで」

椅子に再び腰かけ、手を引っ張れば、紗弥香はふらついた足取りで歩み寄る。

怒張は天高く聳え立ち、いつでも挿入可能な状態だ。

少女はいまだに呼吸が乱れ、胸が熱く息づいていた。

先走りが溢れる肉棒に目をとめ、喉をコクンと鳴らす。

「僕の腰に跨がって、自分で挿れてごらん」

優しい口調で指示すると、彼女は切なげな表情のまま腰をゆっくり跨いだ。

「スカートを捲って。そのままじゃ、チンポを挿れられないよ」

まだ羞恥心が残っているのか、紗弥香はためらいを見せたものの、反抗的な態度は決して示さない。

清廉な少女も、今は情欲のほうが勝っているはずなのだ。

「さあ、捲るんだ」

軽く追いたてると、彼女はスカートの裾をそろりそろりとたくしあげ、愛液まみれの女陰を余すことなく晒した。

充血した恥肉はすっかり肥厚し、ぱっくり開いたあわいから深紅色の内粘膜が覗いている。可憐な肉豆も完全露出し、秘裂からジュクジュクした愛液がツツッと糸を引いて垂れ落ちた。

「腰を落として」

しなやかな指が肉胴に絡まり、ヒップが沈みこんでいく。

二枚の唇が亀頭冠を挟んだ瞬間、槇田の顔は瞬く間に恍惚に変わっていった。

4

胸のドキドキが止まらず、あまりの昂奮から息をすることすらままならない。

逞しく躍動する剛直に、紗弥香は熱っぽい視線を注いだ。

膣内にローターを仕込まれた状態で授業に出席し、指で激しい蹂躙を受けたうえにお漏らしまでしてしまったのである。

にもかかわらず、快楽の虜と化し、すでに人間としての尊厳は砕け散っていた。

膣内の掻痒感をどうにかしてほしい。もっと、大きな快楽を享受したい。

己の性衝動を抑えられず、槙田の命令どおり、少女はペニスに指を添えてヒップを落としていった。

「……ンっ」

二度目とはいえ、最大限まで膨張した逸物を膣内に埋めこめるだろうか。

亀頭の先端を窪みにあてがった瞬間、案の定、強烈な圧迫感が襲いかかった。

女陰に微かな痛みが走り、思わず顔をしかめる。

心のどこかで、恐怖心がこびりついているのかもしれない。

腰の動きを止めると、槙田は当然とばかりにバストの突端を左指で引っ掻いた。

「……あっ」

「ふふっ、まだキツいのかな？」

乳房をやんわり揉みしだかれ、すぐさま甘美な電流が身を駆け抜ける。

「……やっ」

腰をくねらせた直後、今度は右手がプライベートゾーンに伸び、敏感な肉芽をコリコリと刺激した。

「だ、だめです」

「何が、だめなの？　クリちゃん、こんなに大きくさせて。包皮だって、完全に剥けちゃってるじゃない」

「ン、ンぅぅっ」

「あったかいヌルヌルが、また溢れてきたよ。見てごらん、チンポがいやらしいおつゆで濡れちゃってるから」

下方に視線を振れば、確かに肉棒はテラテラと輝いている。自分の体内から湧きだした淫液が、ペニスをコーティングしているのは疑いようのない事実なのだ。

身体の芯から熱い息吹が迫りだし、紗弥香は激しく動揺した。

手のひらが乳房を練り、時おり指先で乳頭をキュッキュッとつままれ、本来なら痛みさえ覚える行為が甘い疼痛となって全身に伝播する。

（あ、いいっ……気持ちいい）

執拗な愛撫が恐怖心を和らげ、下腹部から自然と力が抜け落ちた。

「乳首が硬くしこってるの、ブラウスの上からでもわかるよ。自分に正直になってごらん。おチンチン、おマ◯コに挿れたいんだろ？」

屈辱的な言葉を投げかけられても、不思議と怒りの感情は起こらない。

今度は指で肉芽をピンピン弾かれると、紗弥香はあまりの快感から上半身を仰け反らせた。

「あっ、あぅぅぅぅぅンっ」

「おおっ、色っぽい声だ」

声を押し殺そうにも、自然と甘い吐息が洩れてしまう。すでにあそこはぬかるんでいる状態で、さらなる愛液が湧出しているのは明らかなのだ。

「また、はしたないマン汁が溢れてきたぞ」

槙田は聞こえよがしに言い放ち、恥割れに沿ってペニスを上下にスライドさせる。

クチュクチュという淫らな水音が洩れてくると、乙女の秘芯が再び燃えさかった。

「はあ、はあ、や、やぁあぁっ」

硬くて大きいものを挿れてほしい。疼く女肉を、滅茶苦茶に掻き回してほしい。

本能が一人歩きを始めた瞬間、宝冠部が陰唇を割り開き、丸みのある肉実が膣内に差しこまれた。

「もっと奥まで挿れてほしい？」

「あ……あ……挿れて……挿れてほしいです」

「よく言った。そうら、チンポが入ってくよ」

「ンっ！　くぅぅぅぅぅぅぅぅ!!」

苦悶に顔を歪める一方、怒張に貫かれる期待感に胸が膨らむ。唇を微かに開け、こめかみを震わせるなか、灼熱の棍棒はゆっくり膣内に埋没していった。

圧迫感や窮屈さは変わらなかったが、痛みはまったくない。それどころか、筋張った胴体が膣壁をこすりたて、微かな性電流が肌の表面をピリピリと走り抜ける。

「あ、くふぅぅっ」

熱い肉柱の感触が膣内をいっぱいに満たすと、紗弥香は深い溜め息をついた。

「僕のチンポ、根元まで全部入っちゃったよ」

「はあはあ」

息を荒らげて見下ろせば、恥骨同士がピタリと密着している。またもや校内で、槙田と二度目の情交を結んでしまったのだ。

顔がカッと熱くなり、羞恥から腰をもじもじ揺すった。

心の隅に残るわずかな自制心が、快楽の暴風雨に巻きこまれていく。

「ゆっくりと動いてみて」

「あ、ンぅぅっ」

槙田は指示を出しながら両手で乳房を揉みしだき、紗弥香は自分の意思とは無関係にヒップをくねらせた。

愛液が潤滑油の役目を果たし、窮屈感が次第に消え失せる。身体を軽く上げ下げすると、青白い性電流が脊髄を突っ走り、脳幹がとろとろに蕩けた。

「あぁ、やぁあぁっ」

否定の言葉を口走っても、肉体に生じた快美に抗えない。

腰を小さく揺らし、はしたなくも自分から肉棒に膣内粘膜をこすりつける。

(あぁぁぁっ……気持ちいい、声が出ちゃう)

こちらの心の内を知ってかしらずか、槙田はいっこうに逞しい抽送を繰りだしてこなかった。

小さな快感がさざ波のごとく何度も打ち寄せ、そのたびにヒップを物欲しげにくねらせる。快感のほむらが全身に飛び火し、額から滝のような汗が噴きだした。

「ンっ！」

「自分から腰を動かしちゃうんだ？　いいんだよ、もっと激しく動いても」

羞恥心に身悶えるも、紗弥香はためらいがちにヒップをバウンドさせた。

スライドのたびに、肉棒がゆったりした抜き差しを繰り返す。

「あ、ンふっ！」

にちゅくちゅうと、結合部から淫猥な肉擦れ音が響くたびに、悦楽の電磁波が身を熱く焦がしていった。

「うむっ……気持ちいいよ。おマ◯コの肉がこなれていて、チンポに絡みついてくる。二度目のエッチで、こんなに感度のいい子はいないよ」

言葉責めが被虐心を刺激し、性感が天井知らずに上昇する。今ではひりつきはまるでなく、ペニスと膣内粘膜が一体化した感触すら受けてしまう。

紗弥香は黒髪を揺らし、腰の律動を徐々に速めていった。

パチンパチンとヒップが太腿を打ち鳴らし、牡と牝の熱気と媚臭があたりに立ちこめる。亀頭の先端が子宮口をつつき、雁首が膣壁をこすりたてる。

(ああっ……き、気持ちいい)

セックスとは、これほどの快楽を与えるものなのか。

性に対して免疫のなかった少女は、新鮮な昂奮と刺激に身も心も委ねていた。

乾いたスポンジが水を吸収するように、不埒な行為を受けいれ、打ち寄せる愉悦の波に身を漂わせているのだ。

「はぁぁあぁっ」

熱い吐息をこぼした瞬間、槙田がいよいよ反撃に打って出た。

腰をズンと突きあげ、肉槍の穂先を子宮口に叩きつける。そしてビデオの早送りさながら、目にもとまらぬ勢いでピストン運動を開始した。

「ひっ！」

滾る男の証が、肉壺を縦横無尽に穿っていく。目を固く閉じて踏ん張るも、内から迫りくる快美はますます増幅し、少女の心を掻きむしった。

「あぁぁぁぁ！　いやっ！　いやぁぁぁぁぁぁあ!!」

「いやなら、やめる？」

「あンっ！」

槙田が律動をストップさせると、つい媚びた視線を投げかけてしまう。焦らしのテクニックに腰がくねり、早く抽送を再開してほしいと、心の底から願った。

「どうなの？　ちゃんと言ってくれないと、わからないよ」

「いっ、ひっ!?」

再び腰が突きあげられ、丸太のような太腿がヒップをバチーンバチーンと打ち鳴らす。身体が何度も跳ねあがり、肉の衝撃が股間から脳天へ突き抜ける。

紗弥香は黒髪を振り乱し、唇の隙間からついに甘え泣きの声を張りあげた。

「あ、あっ！　やっ、ふぅン、あぁぁぁぁぁン！」

「そんなに気持ちいいの？　腰がくねってるよ」

意識して、くねらせているのではない。勝手に動いてしまうのだ。凶悪な肉の棍棒で膣内をこれでもかと攪拌され、悩ましいトーンをいちだんと高める。

「ひゃうぅ！　おあっああ、んッハァァアあッ、あいいィィン‼」

「気持ちいいんだろ？　言ってごらん、おマ◯コ気持ちいいって」

ふしだらな要求に胸が締めつけられるも、理性はとうの昔についえている。

「ほら、素直になるんだ！」

「あッ、はあッあッ、い……やはぁッ！」

槙田はラストスパートとばかりに、逞しい腰をさらに突きあげた。

激しいピストンが延々と繰り返され、尽きることのないスタミナにはひたすら驚嘆するばかりだ。

抜き差しのたびに、彼の下腹がクリトリスを押しひしゃげさせる。

亀頭の先端が子宮口をつつき、えらの張った雁が膣壁を苛烈にこすりたてる。

怒濤の律動はいつまで続くのか。頭がぼんやりしはじめた頃、目尻に涙を溜めた少女はたまらずに歓喜の声をあげた。

「あ、あ……い、いい」

「そんなにいいのか？」

「き、気持ちいい……気持ちいいのぉぉっ」

「どこが気持ちいいんだっ⁉」

「おマ◯コ、おマ◯コぉぉぉっ！」

もちろん、女性器の俗称を口にしたことなど一度もない。今や羞恥心は快楽に呑みこまれ、牝の本能だけに衝き動かされていた。

「俺のこと、好きかっ⁉」

「好きっ！　好きですっ‼」

心の叫びが室内に轟き、随喜の涙が溢れでる。口から涎が滴り落ち、脳裏に桃色の霞が立ちこめる。

気がつくと、紗弥香は自ら腰を大きくバウンドさせていた。

顔が汗まみれになり、肉づきのいい太腿がぶるぶる震えだす。媚肉が収縮し、剛直を締めつければ、性感はなおさら高みに向かって駆けのぼる。

「すごい！　すごいぃぃぃぃ……ひうっ⁉」

無骨な右指が肥厚した陰核をこねた瞬間、紗弥香は目をカッと見開いた。

「あっ……だめ、だめっ」

「いいんだよっ！　イキたいなら、イッても‼」

「あン、あン！　ひっ！　ぐっ‼」

恥骨を前後に振りたて、媚肉で怒張を引き転がす。腰をくなくな揺らし、快感度数を自ら高めていく。

少女のヒップはトランポリンをしているかのように跳ね、同時に槇田のスライドも苛烈さを極めていった。

「あぁぁぁぁぁ！　いい！　いいっ‼」

律動が緩む気配はまったくなく、大股を広げて牡の波動を体内に受けいれる。紗弥香はいつしか、嗚咽に近いよがり声を間断なく放っていた。

「んッハァァあッ、あいいィン、んあッ」

「おおっ、こりゃ激しい。そんなに動いたら、俺もイッちゃうよ」

槇田も放出間近なのか、膣内の肉筒がドクドクと脈動する。

紗弥香は抽送を続けながら、結合部に虚ろな視線を向けた。

ぱっくり開いた陰唇は、頑健な逸物をがっちり咥えこんでいる。逞しいペニスは大量の愛液で濡れ光り、猥雑な肉擦れ音が絶えず鼓膜を揺らしているのだ。

「そうら、イッちまえっ!!」

「あぁわ！　あいいィィィン!!」

肉の楔がぐちょぐちょに緩んだ芯部に突き入れられ、情け容赦のないピストンが延々と繰り返された。

同じリズムと動作が快感を高めさせ、全身が心地いい浮遊感に包まれる。

ひと掻きごとに雁首が膣壁をこすりあげ、男の肉を取り巻く襞が甘くさざめく。

「あ……あ……イクっ……イクっ」

少女が初めて絶頂の瞬間を口走った直後、抜き差しのストロークがいちだんと加速し、瞼の裏で白い閃光がスパークした。

「……ひっ」

筋肉ばかりか骨まで蕩けそうな肉悦が吹き荒れ、甘美な痺れが全身にじんわり波及していく。

忘我の淵に沈んだ紗弥香は黒目を反転させ、半ば失神状態に陥った。

槙田は顔面汗まみれにしながら、相変わらず腰を振りつづける。そして、悪鬼の形相で放出の瞬間を告げた。

「そらっ！　俺もイクぞぉぉぉおっ!!」

「……ンっ!?」

上体がマリオネットのように揺らめき、猛々しい強ばりが膣壁をゴリゴリ抉りまわす。続いてズシンと強烈な一撃を子宮口に見舞われ、頭の隅に残っていた理性が粉々に吹き飛んだ。

ヒップを抱えあげられ、膣からペニスが抜け落ちる。

ズルズルと床に崩れ落ちたところで、ふしだらな熱気が頬にまとわりつく。

「ぬ、おぉぉぉっ」

槙田は、目と鼻の先でパンパンに張りつめた怒張をしごいているらしい。

「イクぞっ！　口を開けて!!」

言われるがまま口を開け放てば、濃厚な一番搾りが鼻筋から額に打ちつけられた。

「ンっ!?」

二発目は舌の上に飛び跳ね、三発目以降は立てつづけに口中に注ぎこまれる。

なんと、おびただしい量なのか。思わず顔を背けようとすると、節ばった指先が顎に食いこんだ。

「飲め、飲むんだっ」

「う、うぷぅぅっ」

抵抗する気力はもちろん、今では拒絶という選択肢さえ思い浮かばない。

粘つく淫液を喉の奥に流しこみ、生臭い匂いが鼻腔を突きあげる。

「しゃぶって、きれいにするんだ」

「……あぁ」

目をうっすら開けると、剛直を崩さないペニスがゆらゆら蠢いている。

いやらしい臭気を放つ肉の塊を、紗弥香はためらうことなく呑みこんでいった。

「うん、むむっ、そう、そうだ。舌で全部、きれいに舐めて」

くちゅ、じゅぷ、にゅぷぷぷっ。

肉胴にまとわりついた汚液を舌で掃き、口腔粘膜を締めつけては尿管内の残滓を搾り取る。

全身に牡の精が沁みわたったとたん、少女はまたもやアクメに達していた。

第五章　恥悦にまみれた姉妹どんぶり

1

（まさか、同じ町に住んでたなんて）

五日後の土曜日、紗弥香は駅の反対側にある槇田のマンションに向かった。

自宅を訪問すれば、映像すべてのデータを削除すると約束してくれたが、住所を教えられたときは、どれほどのショックに見舞われたか。

槇田は自分に対し、数々の嘘をついてきた。卑劣で不誠実な男であることは、間違いないのだ。

アメリカへの留学も、本当かどうかわからない。つきまとわれぬよう、しっかり釘を刺しておかなければ……。

とはいえ、彼の実習期間は昨日終了し、もう学校で顔を合わせなくていいのだと思うと、多少なりとも気が安らいだ。

ブースでの陵辱を受けてから、槇田が過激な行為を要求することはなかった。

人影のない廊下の隅や非常階段、はたまた図書室の書架の陰で甘い言葉を囁き、キスからペッティングまで不埒な愛撫で性感を撫でられる。

だが快感に翻弄されたところで彼は身体を離し、ただ意味深な笑みを送るのだ。

お預けを食らわされ、もどかしい思いに身を焦がした。

何度、自分のほうからおねだりしようと考えたか。

(今日は、きっと身体を求められるんだわ)

はっきり拒絶しなければと思う一方で、身体の芯は早くも疼きはじめている。我に返った紗弥香は、慌ててかぶりを振った。

(いやらしいことなんて、絶対にさせないんだから)

バッグの中には、痴漢撃退用の催涙スプレーを忍ばせてある。いかがわしい行為を仕掛けてきたら、顔に吹きかけてやるのだ。

固い決意を秘めた瞬間、スマホの地図アプリのポインターは教えられた住所のマークを指し示した。

「こ、このマンションだわ」

十階ほどの白金の建物は外壁に少しのくすみもなく、築年数はそれほど経っていないようだ。エントランスもホテル並に広く、見るからに高級マンションの部類に入る物件だった。

出身は地方のど田舎だと言っていたが、実家はかなりの資産家なのかもしれない。

（また嘘をついてるのかも）

よくよく考えてみれば、Ｋ大生という以外、槙田の素性は何も知らない。そんな相手に大切なバージンを捧げてしまったのだから、後悔ばかりが押し寄せた。

彼は、いったい何者なのだろう。極悪非道の強姦魔で、何人もの女性が自分と同じ被害に遭っているのではないか。

またもや不安に駆られるも、紗弥香は勇気を振り絞り、マンション内に足を踏み入れた。

真正面のエレベーターに乗りこみ、六階のボタンを押してから気持ちを無理にでも落ち着ける。深呼吸を繰り返しても動悸は収まらず、槙田との淫らな光景が脳裏をよぎった。

階段の踊り場、体育倉庫室、ＬＬ教室での情交。神聖な学び舎で破廉恥な行為に及んだ事実が、いまだに信じられない。しかも、いくら命令されたとはいえ、はしたない言葉まで口走ってしまったのである。

誰かに目撃されていたら、聞かれていたらと思うと、今さらながら背筋がゾッとした。そういう意味では、人の目がない槙田の部屋は気分的に楽だったが、逆に身の危険が高まるというリスクも孕んでいるのだ。

六階に到着すると、紗弥香は催涙スプレーが入ったトートバッグを抱えこみ、慎重な足取りで六〇三号室に向かった。

ダークブラウンの扉の前で立ち止まり、震える指でインターホンをプッシュする。

『……はい』

「か、桂木です」

名前を告げて待ち受ければ、内鍵を外す音が聞こえ、扉が音もなく開いた。

Vネックのセーターとハーフズボン姿の槙田が、にこやかな顔で姿を見せる。

「遅かったね」

間に合うように自宅を出てきたはずなのだが、心に巣くう不安とためらいが足を竦ませていたのかもしれない。

「とにかく入って」

槙田はそれ以上追及せず、涼しげな表情で室内に促した。

「し、失礼します」

おずおずと歩を進めると、背後で内鍵を閉める金属音が鳴り響く。

卑劣漢と密室にいる現実に恐怖心が募るも、広い間口に廊下、真っ白な壁紙や洒落たランプ型の間接照明に目を奪われた。

「制服を着てない姿を見るの、初めてだね。いつも、そんなラフな恰好してるの？」

ふだんはスカートやワンピースオンリーなのだが、少しでもよこしまな思いを抱かれぬよう、あえてシャツとパンツに着替えてきたのだ。

「それはそれで、けっこう魅力的かも」

いやらしい視線がヒップに向けられ、紗弥香は身体をひねって睨みつけた。

パンツは二年前に購入したもので、実際に穿いてみると、パツパツに近い状態だった。太腿やヒップのラインがはっきり出てしまい、かえって男の劣情をあおるのかもしれない。

（スカートのほうが……まだよかったかも）

悔しげに唇を噛んだところで、槙田は奥の部屋に促した。

「ふふ、まあいいや……こっちだよ」

彼のあとに続き、あたりを見回しながら真正面の部屋に向かう。

リビングは、二十畳ほどあるだろうか。L字型のソファと大きなガラステーブルの前に大型テレビが置かれ、ベランダからは見慣れた我が町を一望できる。

室内も贅沢な造りで、学生が一人で住むには十分すぎるほどの間取りだった。

「お茶、いれるよ。ゆっくりくつろいでて。とは言っても、引っ越しの準備でちょっととっちらかってるけど」

確かに、リビングの隅には段ボールが積まれている。

隣接する部屋は扉が開いており、ベッドや机に本棚、そしてこちらにも組み立て前の段ボールが壁に立てかけられているのが見えた。

どうやら、アメリカに留学する話だけは本当らしい。

槇田はカウンターキッチンに向かい、ケトルに水を入れながら言葉を続けた。

「荷物は実家のほうに送るつもりなんだ」

「部屋は……解約するんですか？」

「余計な家賃を払うのはもったいないしね。いったん帰国するかもしれないけど、そのときは実家に帰る予定なんだ。一応、契約は今月いっぱいまでなんだけど」

「大学の授業は、もう出ないんですか？」

「うん、すでに休学届は出してあるからね。いったん帰国するかもしれないけど、そのときは実家に帰る予定なんだ」

多少なりとも安堵する一方、槇田の自室に再び目を向ける。

（この部屋で……寝泊まりしてるんだわ）

デスクトップのパソコンには、破廉恥映像のデータが入っているのだろう。

ベッドが視界に入ると、ふしだらな妄想が頭の中を駆け巡り、条件反射のごとく身体の芯が熱くなった。

男の腕力には敵わない。押し倒され、のしかかられたら一巻の終わりなのだ。

何としてでも、槙田の自室には入らないようにしなければ……。

多くの女性がこの部屋で淫らな姿を晒したのだが、もちろん少女は知るよしもなく、慌ててベッドから目を背けた。

今度は部屋の隅にあるキャリーバッグが目にとまった。その上にはパスポートらしき冊子が無造作に置かれている。

留学するのなら、つきまとわれることはないかもしれない。そう思う一方で緊張に身が強ばり、紗弥香はいつまでもリビングの中央に佇んだままだった。

「ソファに座ってよ」

「あ、は、はい」

バッグを抱えたままソファに座るや、槙田はトレイを手に近寄り、ティーカップをテーブルの上に置く。そして、さも当然とばかりにとなりへ腰かけてきた。

「紗弥香ちゃんと会うのは、今日で最後になるのかな。ここなら誰にも邪魔されないから、安心だろ？」

意識的に身体をずらせば、彼はすぐさま間合いを詰めてくる。少女は決して目を合わせず、俯き加減でぽつりと告げた。

「今日は……あの、その……」

「ん、何？」

「そういうつもりで……訪問したわけじゃないんです」

「ふうん、じゃ、どういうつもりで来たのかな？」

「一昨日、図書室で約束しましたよね。自宅マンションに来れば、データを私の目の前ですべて削除するって」

「ああ、したよ。もう必要ないもんね。紗弥香ちゃんからは、ちゃんと愛の告白もされたし」

「……え？」

「忘れちゃったの？　あの最中に、大声で叫んだこと」

快楽に我を忘れ、大きな声で好きだと宣言してしまったのだから、思いだしただけで赤面してしまう。

紗弥香は気を落ち着かせようと、ティーカップを手にし、やや熱めの紅茶で渇いた喉を潤した。

「うれしかったよ。情熱的な告白だったから」

「あのときは、混乱してて……」

「混乱？　いや、違うよ。君の本音は、俺のことが好きなのさ。ただ、それを頑なに認めようとしないだけだよ」

「そ、そんな……」

「そうでなければ、君はただの淫乱女ってことになっちゃうよ。快楽に押し流されるまま、男の言いなりになったんだから。紗弥香ちゃんは真面目な女の子だし、そんなわけないよね？」

彼の言うことには一理あり、普通に出会っていれば、確かに恋に落ちていたかもしれない。

だが、この男は教え子に痴漢を仕掛け、平然と脅しをかけられる輩なのだ。

太腿の上に置いたバッグを、さりげなく見下ろす。いっそのこと、スプレーを顔に吹きかけ、悶絶しているあいだにデータを削除してしまおうか。

（でも……データがパソコンの中だけにあるとは限らないし、どう考えても無茶すぎ

るわ）

どうしたものかと思案するなか、槙田はソファから立ちあがり、自室に向かって歩を進めた。

スリープ状態のパソコンを起ちあげ、手招きする。

「こっちに来て。データを削除するから」

「こ、ここからでも、よく見えます」

小さな声で答えると、槙田はファイルのひとつをクリックし、動画を再生させた。

階段の踊り場でペニスをしゃぶる自分の姿に、羞恥心が込みあげる。

彼は動画ファイルをゴミ箱に捨てたあと、机の引き出しからＵＳＢメモリを取りだした。

「これで最後だよ」

「ホントに、それ以外にコピーはしてないんですか？」

「あぁ、いっさいなし。スマホのほうは前に消したけど、チェックしてみる？」

信じたいと思う一方で、どうしても疑念の目を向けてしまう。何と言っても、ふしだらな映像は、紗弥香にとってはいちばんの泣きどころなのだ。

槙田はソファに取って返し、テーブルの上にＵＳＢメモリを置いた。

「その中にも動画が入ってるから、好きなように処分すればいいさ。何なら、そこのパソコンで中身を確認してもいいよ」

自身のふしだらな映像を再視聴する勇気は持てない。

「け、けっこうです」

USBメモリを手に取り、バッグの中に入れたとたん、槙田がバストの突端を指先で引っ掻いた。

「あ、ンっ⁉」

「まさか、このまま帰るつもりじゃないよね？　陽が落ちるまでには、まだまだたっぷりあるよ」

「や、やめて……」

胸をやんわり揉まれただけで、下腹部全体がふわふわした感覚に包まれる。

子宮の奥が甘くひりつくと、紗弥香の顔は困惑に満ちていった。

「あれ、また乳首が大きくなってきたんじゃない？　こうすると、どうなるのかな」

「ン、ンはあぁっ」

指先で過敏な頭頂部をクリクリとこねられ、性感が上昇の一途をたどっていく。

このまま押し流されては、同じことの繰り返しだ。

そう思っても足腰に力が入らず、ソファから立ちあがれない。

何としてでも防犯スプレーを吹きかけ、この場から逃げだすのだ。

右手をピクリと動かした直後、紗弥香は思わぬ出来事に肝を潰した。

槙田が突然、バッグを引ったくって放り投げたのだ。

(あっ⁉)

下腹部をガードしていたものがなくなり、身の危険が現実味を帯びる。バッグはガラステーブルの向こうに投げ捨てられたため、とても手が届く距離ではなかった。

「やっ、やっ」

「今さら、いやはないでしょ。いい加減、素直になりなって」

「か、帰らせてください」

「もちろん、帰らせるよ。事が済んだらね」

手で下腹部を覆い隠すも、やはり男の力には敵わない。

「それにしても、このパンツ、サイズが小さすぎるんじゃない？　お尻と太腿のラインがくっきりしちゃって、エロエロだよ」

案の定、ピチピチパンツは卑劣漢の欲望に火をつけていたのだ。

臍を噛んでも、事態は変わらない。

「それとも俺を昂奮させるために、わざと穿いてきたのかな？」

「ち、違います……やンっ」

横向きにソファに押し倒され、いやらしい眼差しがヒップに注がれる。

「おほっ！　むっちり丸々としてて、たまらんっ！」

手のひらで臀部をさわさわ撫でられ、身の毛がよだつ。

身体をよじって真正面を向けば、槙田は片足を抱えあげ、開脚ポーズから股間の中心に熱視線を浴びせた。

「やぁあぁぁぁあぁっ」

「おおっ、布地がぴっちり食いこんで、肉土手がこんもりしてる。太腿も、むっちむちだよ」

股間を両手で隠すいとまもなく、太い指先が足の付け根をキュッキュッと押しこんでくる。

「さ、触らないでください」

手を振り払おうとしたものの、すかさず甘美な電流が女の園を走り抜けた。

「ここだね、ここが気持ちいいんだね。場所だって、すぐにわかるんだから。紗弥香ちゃんのは、上付きなんだよね」

「あ、んふぅ」

指がピンポイントに敏感な箇所をとらえ、左手は相変わらずバストを揉みしだいているのだから、少女は瞬時にして愉悦の世界に身を落とした。

認めたくはなかったが、開発された肉体は紛れもなく悦楽を欲しているのだ。

「だ、だめ」

上体をよじった隙を突かれ、パンツのホックが外される。すぐさまパンティの上縁から手がすべりこみ、指先が愛のベルをかき鳴らす。

「ひ、ぃぃうっ！」

「ほら、もうしっとり濡れてるじゃないか。最後に抱かれに来たんだね」

「ち、ちが……」

「違わないさ。身体がそう言ってんだから」

「ン、はぁぁああ！」

「エッチな音、聞こえるだろ？」

くちゅくちゅと、淫らな擦過音が鳴り響き、身も心も天空に舞い昇る。信じられないことに、紗弥香は三分と経たずに絶頂への階段を駆けのぼった。

「ひっ、ひっ、ンくふぅぅっ」

頭の中で膨らんだ白い光が左右に弾け、快感のしぶきが全身に浸透していく。揺りかごの中でまどろむような感覚に浸りつつ、紗弥香はうっとりした表情で目を閉じた。

五日間のお預け状態が、性感を研ぎ澄ませていたのかもしれない。シャツとパンツを脱がされ、下着を剥ぎ取られても、少女は快楽の海原を漂っていた。

全裸にされたところで、ようやく意識が戻りはじめる。あっと思ったときには両足が開いており、槙田が乙女の恥芯に顔を埋めていた。

「……あ」

家を出る前にシャワーは浴びたものの、恥ずかしくないわけがない。しかも彼は女芯に鼻を近づけ、匂いをクンクン嗅いでいたのだ。

「ふふっ、抱かれることを期待して、シャワーを浴びてきたんだ?」

「そ、そんなことありません。出かける前は、いつもお風呂に入るんです」

「真夏ならわかるけど、まだ五月だよ。その言い訳は、ちょっと無理があるんじゃない？」

心の内を見透かされ、全身の血が煮え滾る。

確かに身体を清めたのは事実だが、どんなかたちであろうと、異性と二人きりで会う以上、清潔にしておくのはレディとしてのエチケットである。

決して、淫らな行為を期待していたわけではない。

「こうなることを望んで、君は身体をきれいにしてきたんだよ」

「そ、そんなこと……ないです」

「じゃ、どうして、軽い愛撫ですぐにイッちゃったのかな？　陰唇もクリトリスも充血して、マン汁も垂れ流しじゃないか」

「ン、ふわぁぁぁぁ！」

舌でスリットを舐めあげられただけで、身がひくついてしまう。

クロスした両手で秘園を隠すと、槙田はニタニタといやらしい笑みを返した。

「エッチな声、あげちゃって。わかってんでしょ？　自分が感じてることは。さ、手をどけてごらん」

「や、やです……やぁぁあン」

浅黒い手が両内腿にあてがわれ、グイグイと左右に開かれる。

今となっては、新体操をしていたことが恨めしい。柔軟な肉体は何の痛みも感じず、両足を百八十度に広げ、恥ずかしい恰好をいやというほど見せつけた。

「手を離して。クリちゃんの皮を捲って、おマ◯コたっぷり舐めてあげるから」

「あ、あ……」

卑猥な言葉を投げかけられるたびに胸がキュンキュン疼き、深奥部から愛の泉が溢れだす。

「何度でもイカせてあげるからね」

「はぁあぁっ」

ざらついた声が呪文のように脳幹に浸透し、紗弥香は次第に目をとろんとさせていった。

恐るおそる足を股の付け根から外せば、槙田は手のひらを左内腿に這わせる。そして鼠蹊部に向かって、人差し指でツツッとなぞりあげた。

「あ……あ……あ」

「ほうら、指がいちばんエッチなところに触れちゃうよ」

くすぐったさともどかしさが交錯し、甘い期待感でヒップがソファからツンと跳ねあがる。

「ふふっ、大陰唇がピンク色に染まってる。なめらかでふっくらしてて、焼きたてのパンケーキみたいだよ」

「い、ひぃいぃいぃいっ！」

大切な箇所まで、あと数センチ。巨大な悦楽を予期した瞬間、いたずらな指は無情にも恥肉を飛び越え、反対側の内腿に移った。

身をビクビクとひくつかせ、堪えきれない焦燥感に涙を浮かべる。

槙田はニヤつきながら、再び指を秘芯に近づけた。

今度こそという思いが脳裏を占め、胸を震わせれば、指先は肝心要のスポットを回避し、大いなる期待感はまたもや空回りに終わった。

「あっ、ふぅぅうぅぅっ！」

何度も同じ手順を繰り返され、焦らしのテクニックが少女をのっぴきならぬ状況に追いこんでいく。

秘裂から淫液が滾々と滴り落ち、肌の表面には性電流が絶えず走り抜けた。

膣内粘膜が収縮し、膣口が餌を待つ鯉のようにパクパク開く。

(あぁっ、やっ、やっ、おかしくなっちゃうっ！　おかしくなっちゃうぅっ‼)

紗弥香は無意識のうちにヒップを揺すり、媚を含んだ視線を槙田に注いだ。

「おマ◯コ、溶け崩れちゃって、すごいことになってるよ。そろそろ、我慢できないかな？」

彼はそう言いながら身を屈め、熱化した女の中心部に顔を寄せる。

スリットの上で分厚い舌がうねった瞬間、少女の口から歓喜の声が放たれた。

「きゃふぅぅぅンっ！」

敏感な箇所を走り抜けた快美に喉を晒し、身をアーチ状に反らす。

乳首がピンとしこり勃ち、意識せずとも腰がぶるんと震えてしまう。

分厚い舌はハチドリの羽さながら跳ね躍り、肉芽にこの世のものとは思えぬほどの快楽を与えた。

「ンはぁっ、ひああっ！　あっおう、おおっ‼」

慟哭に近い嬌声を張りあげ、甘美な悦びに恥骨を振りたてる。

ちゅぽっ、ちゅぼっ、ぢゅーっ、ぢゅっ、じゅるるぅぅぅっ‼

「ンふっ⁉」

高らかに鳴り響く猥音も、少女の性感を何倍にも高めた。

クリットを陰唇ごと口中に引きこまれ、唾液の海に泳がされる。舌腹で肉豆をコリコリとくじられ、胸の奥が次のステージの刺激をほしがる。

（あっ、あっ、き、気持ちいい）

今の紗弥香は堅固な鎧を脱ぎ捨て、心の底から快楽を受けとめていた。

いくら言い訳を繕おうとも、自分に嘘はつけない。心の底で槙田を欲していたのは、紛れもない事実なのだ。

処女を捧げた相手に性感を開発され、縋りつきたい、守ってほしいという女の情念が逆巻くように突きあげる。

子宮口が開き、膣内全体がジーンとひりついた。

脳内アドレナリンが湧出し、発情フェロモンが肌から立ちのぼった。

もっと淫らな言葉で苛んでほしい。躍動する牡の肉で、疼く秘肉を貫いてほしい。

認めたくはなかったが、自分は槙田に愛情を寄せはじめている。

未熟が故に、少女は恋愛感情と性愛を完全に取り違えてしまった。

ヒップをソファから浮かし、自ら恥肉を押しつける。

腰をくねらせておねだりし、ニヒルな青年に熱い眼差しを向ける。

槙田は上目遣いにこちらの様子をうかがい、鋭敏な尖りを指で撫でつけた。

「ッひぃん、イッ……ンんっ！」

「うはっ、とろみがかったマン汁が、どんどん溢れてくるよ」

「あぁ、いやぁっ」

今度は中指と薬指が膣内に挿入され、ソフトなスライドが繰り返される。

膣天井を研磨されるたびにもどかしい思いが身を焦がし、性的欲求が崖っぷちに追いこまれた。

「……ほしいかい？」

「ンっ、ンっ、ンっ！」

「どっちなんだ？　ちゃんと、口で言ってくれないと。察してチャンじゃ、わからないよ」

「ほ……ほしい」

消え入りそうな声で答えれば、槙田は勝ち誇った顔を見せる。そして、さらなる恥ずかしい言葉を強要した。

「何がほしいんだい？」

羞恥に身悶える一方、焦燥感が脳漿を煮え滾らせる。

「おチンチン、挿れて……ください」

「おチンチンを、どこに挿れるのかな？」

切羽詰まった願望を喉から絞りだすも、槙田は追及の手を緩めない。

紗弥香は片手を口元にあてがい、顔を真っ赤にしながら女性器の俗称を告げた。

「お……おマ◯コ……おマ◯コに挿れてください」

前回に続いて卑猥なセリフを言わされ、全身が火のごとく燃えさかる。槙田は満足げに身を起こし、愛液が垂れ滴る指を舌でペロリと舐めあげた。

「紗弥香ちゃんのマン汁、甘酸っぱくておいしいや」

彼の言葉はもう耳に入らず、ハーフパンツの中心に目が向けられる。布地は大きなテントを張っており、勃起したペニスの形状が脳内スクリーンに映しだされた。

口の中に大量の唾液が溜まり、胸を激しくときめかせる。

恥肉全体を覆い尽くす掻痒感を、一刻も早く取り除いてほしいと切に願う。

太い腕が下方に伸び、パンツを下ろすのだろうと思った直後、紗弥香は想定外の展開に眉をひそめた。

槙田はソファの下に手を忍ばせ、純白の布地を拾いあげたのである。

呆然とするなか、忍び笑いが聞こえてくる。

「せっかくだから、これを着てくれないかな?」

「な……何ですか?」

「レオタードだよ。紗弥香ちゃんは新体操部だし、やっぱり最後はこの恰好で楽しませてほしいな」

機先を制されたような思いでがっかりするも、レオタードを着用するのに、それほどの手間はかからない。

男の飽くなき欲望に驚嘆しつつも、紗弥香はそれでかまわないとばかりに頷いた。

「起きれるかな？」

優しく抱き起こされ、ソファに座りなおしたところでレオタードを手渡される。

手のひらに受ける生地の感触に、少女はいぶかしげな顔に変わった。

（なんか……おかしいわ）

きれいに畳まれたレオタードは部活で着用しているものより軽く、どうにも安っぽく思えてしまう。

いったい、どこで手に入れたのだろう。

目の前に掲げたとたん、紗弥香はみるみる顔色をなくしていった。

布地面積がやたら小さく、透過率も正規のレオタードとは比較にならぬほど高い。

「早く着てみせて」

戸惑いは拭えなかったが、今の自分に拒否する余裕は残っていなかった。

肉体ばかりか、気持ちのうえでも、槙田の寵愛を欲しているのだ。

両足を通してから立ちあがり、布地を引っ張りあげる。ショルダー部分を肩にかけると、紗弥香はあまりの羞恥に顔を紅潮させた。

（な、何……このレオタード）

Vゾーンは腰の上部まで切れこんでおり、紐状のクロッチは割れ目をかろうじて隠しているに過ぎない。

足を開けば、大陰唇が剥きだしになってしまうのではないか。

胸元も大きく抉れ、乳首すれすれまでの布地しかなく、乳房の二分の一が露出している。

サイズが小さく、乳頭や陰部がうっすら透けて見えているのだから、ある意味、全裸よりも恥ずかしい恰好だった。

「インターネットのアダルトサイトで購入したんだ。紗弥香ちゃんはスタイルがいいし、ものすごくエロいよ。お尻のほうも見せて」

「あ、やンっ」

強引に後ろ向きにさせられ、Tバックのヒップはほぼ丸出しの状態なのだから、慌てた紗弥香は両手で覆い隠した。

「女の子って、ホントに不思議だよね。何度も見られてんのに、恥ずかしがるんだから」

「……あっ」

腕を掴まれるや、身体が反転し、今度はバストと股間に熱い視線が絡まる。

秘部を隠すいとまを与えず、槙田は細い股布を指でつまみあげた。

「ひうっ！」

紐状のクロッチが縦筋に食いこみ、大陰唇がさらけ出される。

基底部の両サイドからはみ出した肉の丘はやたらぷっくりしており、自分の目から見ても卑猥な様相を呈していた。

槙田は布地をツンツン引っ張り、女芯に刺激を吹きこんでいく。

さらには左手が乳房を揉みしだき、少女は切なげな表情で自身の身体を見下ろすばかりだった。

「おっとと。早くも、股布に愛液が染みてきてるよ」

「はっ、はっ、ふっ、ン、はぁあっ」

クロッチの食いこみが心地いい感触を与え、性感がまたもや沸点に到達する。

それでなくても、さんざん焦らされつづけてきたのである。

淫情のほむらが全身に燃え広がり、頭を朦朧とさせた少女は乾いた唇を舌でなぞりあげ、うわ言のように呟いた。

「挿れて……挿れて……ください」

「おチンチン、ほしいんだ？」

「ほ、ほしいです」

「我慢できないんだ？」

「我慢……できないです」

槙田はにんまりし、ハーフパンツの腰紐をほどきながら答える。

「仕方ないなぁ。じゃ、おマ◯コにチンポ挿れてあげようか」

右手がパンツの上縁に添えられるまでのあいだ、紗弥香の視線は股間の一点に釘付けになっていた。

逞しい肉棒が目の前に差しだされたら、命令されなくても、自らしゃぶりついてしまうかもしれない。それほど昂っていた。

（……あぁ）

槙田が腰を上げ、紺色の布地がズリ下ろされる。期待に胸を膨らませた瞬間、部屋のインターホンが鳴り響き、紗弥香は長い睫毛をピクリと震わせた。

「チッ！　誰だよ、いいところなのに」

彼はあからさまにブスッとし、パンツを引きあげてソファから腰を上げる。

やるせない気持ちは、少女も同じだった。

火照った身体をようやく鎮められるのかと思ったのも束の間、突然の横やりが入ったのである。

槙田はキッチン横のモニターまで歩き、訪問者と二言三言交わしていた。

声がやけにか細く、何を話しているのか聞き取れない。

不安げな視線を送るなか、彼は踵を返して戻り、床からトートバッグと紗弥香の衣服を拾いあげた。

「ごめん……悪いんだけど、ちょっとのあいだ隠れてくれない？」

「……え？」

「ホントにごめんっ！」

「か、隠れるって、どこに？」

「こっち、こっち」

腕を引っ張られ、ベッドの置いてある部屋に連れこまれる。

槙田は正面のクローゼットを開き、申し訳なさそうに手を合わせた。

「下段に人一人分のスペースが空いてるから、しばらくそこにじっとしてて」

「で、でも……」

「早くっ」

無理やり中に押しこめられ、続いてバッグと衣服が放りこまれる。

扉が閉められると、紗弥香は重苦しい雰囲気に息を詰まらせた。

どうやら、来訪者は彼の知人らしい。

友人か、親か親戚か、それとも恋人か……。

不安に胸がチクチクと痛んだ直後、少女はクローゼットの桟の隙間から室内の様子が覗けることに気づいた。

目をそっと近づけ、固唾を呑んで見守る。

槙田はティーカップをキッチンに持っていき、そのまま玄関口に向かったらしい。

会話の合間に女性と思われる声音が聞こえてくると、紗弥香はどす黒い感情を噴出させた。

(かなり若い子だわ。きっと……恋人なんだ)

交際している女性がいるのに、槙田は教え子に手を出してきたのだ。

好きだという告白も、性の玩具にするためのうわべだけの言葉だったのだろう。

(わかってはいたけど、ちょっとでも信じようとした自分が……バカみたい)

今さらながら、忸怩たる思いに駆られる。

(でも……あんな悪魔のような男とつき合えるなんて、いったいどんな人なの？)

二人の声が徐々に近づき、息を潜めて身構える。

女性らしきシルエットがリビングに現れたものの、槙田の身体に遮られ、よく見えない。

「約束は、一時間後だったはずだけど」

「ごめんなさい……少しでも早く会いたかったから」

「まあ、いいや。こっちに来て」

女性がワンピースの裾を翻らせ、槙田とともに自室に向かってくる。

目を凝らした瞬間、紗弥香は大きな悲鳴をあげそうになった。

室内に姿を現した女性は、紛れもなく妹の美玖だったのである。

2

(まさか、美玖ちゃんが一時間も早く来るなんて。あぁ……びっくりした)

最初は戸惑ったものの、これはこれで一興かもしれない。

槙田は気持ちを切り替え、究極の姉妹どんぶりに思いを馳せた。

「さ、どうぞ」

美玖を自室に招き入れ、紗弥香が潜むクローゼットに目を向ける。こちらは予定どおり、あらかじめ人一人が隠れるスペースを確保しておいた。

激しいセックスで絶頂に導き、失神状態にさせてから潜ませたかったのだが、今となっては仕方がない。

果たして、紗弥香はどんな表情で室内をうかがっているのだろう。

驚きに身を強ばらせているのか、それとも怒りに打ち震えているのか。

いずれにしても、我に返った姉が激情に駆られ、クローゼットから飛びだしてくる可能性も考えられる。そうなる前に、事を進めておかなければ……。

(まあ、あの恰好で妹の前に出てくる度胸はないと思うけど。それに……)

クローゼットをチラ見しながら、槙田はほくそ笑んだ。

紗弥香が飲み干した紅茶の中には、強力な媚薬をたっぷり混入させておいた。

おそらく、じわじわと効きはじめている頃なのではないか。それでなくても、焦らし責めは少女の性感を極限まで押しあげたはずである。

想像しただけで胸がワクワクし、ハーフパンツの中のペニスが重みを増した。

美玖に目を向ければ、つぶらな瞳がうるうるし、プリッとした唇の隙間から熱い溜め息をこぼしている。

(ふふっ、こっちのお嬢さんも発情中か?)

彼女は手にしていたバッグを床に置くと、中からリボンのかかった紙包みを取りだし、伏し目がちに差しだした。

「先生、これ」

「ん？」

「……プレゼントです」

「あ、開けてもいいかな」

「は、はい」

少しでも早く事に及びたかったのだが、少女の気持ちを無下にはできない。紙包みを受け取った槙田はリボンをほどき、ワインレッドのネクタイを手に取った。

「あの、来週から……アメリカに行っちゃうんですよね」

「うん」

「よかったら、使ってください」

「ありがとう」

「……あ」

美玖を優しく抱きしめ、口元にソフトなキスを見舞う。よほどうれしかったのか、彼女は腰に手を回し、胸と下腹をそっと押しつけた。

「先生、帰ってくるときは連絡くださいね」

「ああ、もちろんだよ」

なだらかな背中を撫でさすり、穏やかな口調で答える。

今の美玖は、完全に恋の奴隷になっていた。姉と違って人懐っこい性格だけに、堕とすのにさほどの苦労は要さなかったのだ。

(まあ、姉のほうは、初めから強引なやり方で接近しちゃったからな)

美玖が紗弥香の妹だと事前に知っていたら、違ったアプローチの仕方もあったかもしれない。

頭の隅で思いつつ、槙田は計画どおりの行動に移った。

「このネクタイ、大切に使わせてもらうよ。でも……」

ネクタイを椅子の背もたれに掛け、ピチピチした身体をまたもや抱き寄せる。そして耳元に口を近づけ、甘い声で囁いた。

「もうひとつのほうのプレゼントもほしいな」

「……あ」

少女は頬を赤らめ、恥ずかしげに身をよじる。全身はすでに火照り、首筋から甘ったるい熱気が放たれた。

「いいだろ？　早く見たいんだ」

俯く美玖の手を取り、ベットの脇まで連れていく。クローゼットとの距離は、わずか一メートルほど。姉が潜む位置のほぼ真正面に立ち、いたいけな妹に迫った。

「もう、チンポがビンビンなんだ」

彼女は切なげな眼差しを股間の中心に向けたあと、背中に回した手でワンピースのファスナーを下ろしていく。

ライトブルーの布地が足下にパサリと落ちた瞬間、槙田の目がギラついた。

「ふはっ、すごいね！」

「は、恥ずかしいです」

美玖は目を伏せ、顔を耳たぶまで真っ赤に染める。

瑞々しい肉体には、紗弥香と同じレオタードが着用されていた。

ボリューム感いっぱいの乳房は仲よく寄り添い、悩ましい谷間をくっきり刻んでいる。股布は鼠蹊部に食いこみ、豊穣な恥丘の膨らみと太腿をより際立たせ、理屈抜きで劣情の嵐が下腹部を覆い尽くした。

（エロさという点では、妹のほうに軍配が上がるかも）

美玖は視線を合わせようとせず、腰をもじもじさせる。白い肌は早くも汗ばみ、性的な昂奮に駆り立てられているのは明らかだった。

服の下にこもっていた乙女のフェロモンがぷんと香り立ち、牡の本能を刺激する。

「着て……くれたんだね」

「だって、先生が着てこいって言ったから」

「ひょっとして、あっちのほうも？」

童顔の少女は胸に手を添え、コクリと頷く。

彼女はレオタードばかりでなく、事前に渡しておいたローターを自ら膣内に仕込んできたのだ。

まさか、姉が使用したグッズだとは夢にも思うまい。

耳を澄ませば、股ぐらから低いモーター音が洩れ聞こえる。

「ここまで、何の問題もなく来られたのかな？」

「……いえ、最初は全然歩けなくて、いちばん弱くしたんです。それでも、大変な思いで、ここまで来たんですよ」

よく見ると、むっちりした太腿が小刻みに震えていた。

おそらく、性感はとうにリミッターを振り切っているのだろう。目はいつの間にか焦点を失い、イチゴ色の舌が唇のあわいで悩ましげにうねる。

「挿れたままにしておく？」

「取って……ほしいです」

「その前に、いつもどおり、気持ちよくさせて」

優しい口調で懇願すると、美玖は目を輝かせ、こちらの指示を待つことなく腰を落とした。

柔らかい指が腰紐をほどき、ハーフパンツをトランクスごと剥き下ろす。

怒張がバイーンと飛びだすや、童顔の少女は瞬く間に惚けた顔つきに変わった。

「……あぁ」

小さな息をひとつ吐き、今度は舌で唇をなぞりあげる。艶っぽい表情や仕草も、姉には決して負けていない。

Tシャツを頭から剥ぎ取り、足踏みでパンツと下着を足首から抜き取る。

発情した乙女は待ちきれないのか、女座りの状態から亀頭冠に大量の唾液を滴らせた。

清らかな粘液が肉筒をコーティングし、照明の光を反射してぬらぬらと照り輝く。

さらには舌を突きだし、陰嚢から根元、裏茎沿いに刺激を与えていった。

「はっ、ンっ、ふっ、はぁ」

「ん、むむっ……気持ちいいよ」

褒めそやせば、美玖は肉胴にキスをくれ、縫い目と雁首に舌を這わせる。そして鈴口をなぞったあと、唇を窄めて頭頂部に吸いついた。

臀部にえくぼを作り、丹田に気を入れる。

小さな口がO状に開き、男根がゆっくり呑みこまれていく。

生温かい口腔粘膜が胴体に密着し、ズズズッという音とともに口中に引きこまれると、睾丸の中の樹液が出口を求めて暴れまわった。

「おっ、おっ、おっ」

軽やかなスライドが開始され、ペニス全体が蕩けんばかりの快美に包まれる。

抽送の合間に舌で縫い目をなぞり、頬をぺこんとへこませては肉棒を啜りあげてくるのだから、射精欲は頂点に向かって休むことなく駆けのぼっていった。

頭の柔らかい少女は、身体を重ね合わせるたびに性戯を自分のものにしていく。

すべてを一から教えこんだだけに、槙田は征服願望を満たした達成感に喜悦し、美玖が見せる奉仕の精神に感動すら覚えた。

(そのうえ、妹のはしたない行為を姉が覗き見してるんだから……くうっ、なんて最高のシチュエーションなんだっ！)

ぐぽっ、じゅぽっ、ぐぷっ、ぬぽっ、じゅぷん、ぷちゅ、ずちゅぅぅっ！

淫らな吸茎音が、牡の淫情をことさら引きあげた。

クローゼット内の紗弥香の様子を想像しただけで、ペニスがひと際膨張した。

至高の姉妹どんぶりに向け、幕はまだ上がったばかり。性のエネルギーが内から込みあげ、全身の細胞が歓喜に打ち震える。

「美玖ちゃん、ありがと。次は、いつものやつをやってくれるかな？」

再び懇願すると、少女は口からペニスを抜き取り、虚ろな表情でコクリと頷いた。

疼く肉体を早く鎮めてほしいのだろうが、楽しみはまだまだ先だ。

激しい吸引を受けた剛直は赤黒く変色し、極限まで反り返っていた。

頭をビクビク振り、鈴割れから先走りの液がツツッと滴る。

美玖が膝立ちになると、槙田はレオタードの胸元に指を引っかけて剥き下ろした。

マシュマロのような乳房が露になり、たぷたぷと揺れる様が劣情をさらにあおる。

「……あ、ンっ」

少女は恥じらうも、怒張から決して目を離さない。やがて牝の情欲に逆らえなくなったのか、しなる男根に自ら身を寄せた。

小さな手が丸々とした双乳を掬いあげ、谷間から甘い匂いが悩ましく揺らめく。

(おおっ！　き、気持ちいいっ!!)

肉棒が乳房のあわいに挟まれた瞬間、槙田は心の中で快哉を叫んだ。

3

想像だにしない出来事に、開いた口が塞がらない。

狭い密室の中で、紗弥香は愕然としていた。

部屋に現れた女性が、まさか妹とは……。

美玖は槙田に対して興味のある素振りを見せていたが、そもそも接点がなく、すぐさま話題にのぼらなくなった。

二人は何をきっかけに、いつから淫らな関係を築いていたのだろう。

いやらしいレオタードを身に着け、積極的に口唇奉仕する姿は、どこからどう見ても、昨日今日始まった間柄とは思えない。

疑問符が頭の中を駆け巡ると同時に、怒りの感情が噴きだした。

あの男は、高等部に進学したばかりの妹にまで手を出していたのだ。

どういうつもりで、姉である自分に愛の告白をしてきたのか。

おそらく、美玖にも甘い言葉で近づき、純真な乙女心を惹きつけたに違いない。

心のどこかにあった彼を信じたいという気持ちは木っ端微塵に吹き飛び、憎悪の炎がメラメラと燃えあがった。

(絶対に……許せない)

何としてでも二人を引き離し、妹の目を覚まさせなければ……。

意を決したものの、大きなためらいが身を縛りつけた。

そもそもクローゼットから飛びだしたところで、この状況をどう説明したらいいのか。しかも、美玖と同じ破廉恥なレオタードまで着用しているのである。

羞恥心が決意を鈍らせ、逆に気づかれぬように息を潜めてしまう。

惨めだった。

薄暗い場所に閉じこめられた姉が、妹の淫蕩的な姿を覗き見しているのだ。

(それにしても……ホントに美玖なの？)

脳天気で快活な少女は女の顔を見せ、いきり勃つペニスを一心不乱に舐めしゃぶっている。

鋭角に窄めた頬、だらしなく伸びた鼻の下、耳元にまとわりつく派手な吸茎音。顔を左右に揺らして口戯に没頭する彼女は、自分が知っている妹とは別人だった。

槙田が奉仕を制し、ひとまずホッとしたものの、このあとの展開を想像してうろたえる。ビンビンにしなる肉筒は、男女の営みを求めているとしか思えない。

（だめ、それだけは……）

悲愴感に顔をしかめるも、やはりクローゼットから出ていく勇気はなかった。

ただ悶々とするなか、槙田がレオタードの胸元を引き下げ、白桃を彷彿とさせる形のいい乳房が剥きだしになる。

砲弾状に突きでた双乳、括れが目立ちはじめたウエスト、官能的なカーブを描く腰から太腿にかけての稜線。まだ子供だと思っていた妹はいつの間にか成長し、女らしい身体つきになっていた。

悩ましい表情も初めて目にするもので、あまりの生々しさに総毛立つ。

美玖が膝立ちの体勢で乳房を両手に捧げ持つと、紗弥香は怪訝な表情で身を乗りだした。

（な、何？　何をするの？）

まろやかな乳丘の狭間にペニスが埋めこまれ、窄めた唇から唾液が滴り落ちる。

何が行われているのか、いまだに理解できず、姉はやや青ざめた表情で妹の姿を見つめた。

上半身がスライドを始め、手ずから集めた乳房を自ら揉みしだく。次の瞬間、槙田の口から嗄れた声が洩れ聞こえた。

「ん、んうぅぅっ！　いいよ、その調子。美玖ちゃんのパイズリ、最高だよ」

どうやら、乳房の内側で肉胴の表面をこすっているようだ。

ペニスの先端が谷間の上方から何度も顔を出し、すべりが悪くなると、美玖は真上からとろみの強い唾液をまぶしていく。

乳頭はピンピンにしこり、ベビーピンクの乳肌がみるみる濡れ光った。

相手はまだ十六歳なのに、なんと破廉恥な行為をさせるのだろう。今さらながら、憤怒を覚えてしまう。

「お、おおっ」

槙田は天井を仰ぎ、聞こえよがしに悦の声を張りあげている。おそらく、小振りな自身の乳房ではペニスを挟めないだろう。

果たして、このまま射精に至るのか。さらに隙間へ目を近づければ、無意識のうちに心臓が拍動を始めた。

雄々しい牡の肉、蛇腹のごとく上下する包皮を目にしているだけで、変な気持ちになってくる。

二人の会話を思い返せば、美玖は予定時間より早く訪問したらしい。

本来なら、あのペニスは自分の身体の中に埋めこまれていたのだ。

軽い嫉妬に駆られた直後、女芯がひりつき、身体の奥底で燻っていた快楽のほむらが再び揺らめいた。

それでなくても焦らしに焦らされ、性感は四面楚歌の状況にまで追いこまれていたのである。

(気持ちいいんだ……おチンチン、今にもはち切れそう)

脈動する充血の猛りを注視すれば、口から熱い溜め息がこぼれ、知らずしらずのうちに股間に右手が伸びた。

(だめ……だめ)

いけないとはわかっていても、触れずにはいられない。鋭敏な尖りを中指で撫でさすれば、秘芯に快美が走り、ぬるりとした愛液が秘裂から溢れだす。

(はぁ……身体が熱い)

自身の体温のせいか、クローゼットの中はサウナのように蒸していた。

肌は汗の皮膜をまとい、額からもだらだら滴っている状態だ。

女の情欲がぶり返し、子宮の奥がキュンキュン疼く。再度、肉芽を指腹でさすれば、今度は強烈な快感が背筋を駆け抜けた。

(おかしい……おかしいわ)

この部屋に来たときから、身体の異変は感じていた。いや、正確に言えば、出された紅茶を飲んでからだ。

感覚としては、風邪の初期症状に近いだろうか。顔がポッポッと火照り、全身が気怠い感覚に包まれている。

試しに乳首を軽くつねると、快感度数が一足飛びに頂点に到達した。

(やっ、はあぁぁぁあぁぁっ！)

もしかすると、変なクスリでも入れられたのかもしれない。そう考えたところで、槙田は次のステップに移った。

「も、もう……いいよ。そんなに激しくされたら出ちゃう。今度は、美玖ちゃんを気持ちよくさせてあげるね。足を開いて」

「は、恥ずかしいです」

「いくら恥ずかしくても、このままじゃいられないだろ？　さ、ベッドの端に背を預けて、ガバッと広げるんだよ」

卑劣漢はあえて、美玖の姿がよく見える場所に誘導しているようだ。

姉の存在など知るよしもなく、妹はベッドにもたれたあと、そろりそろりとM字開脚していった。

彼女はほぼ真正面の位置におり、股間を遮るものは何もない。

槙田は真横で膝をつき、身を屈めて乙女の花園を覗きこんだ。

「うはっ！　愛液まみれのクロッチが、マンスジによじりこんじゃってるよ」

「や、やぁンっ……あ、触っちゃだめっ」

「触らなきゃ、どうにもならないだろ？」

姉妹だけに、声の質や発する言葉がよく似ている。

まるで自分がされているような錯覚に陥り、紗弥香は思わず生唾を飲みこんだ。

「ふふっ、脇からエッチなお肉がはみ出ちゃって。なんて、いやらしい姿なんだ」

「ひぃ、ぅうンっ⁉」

こんもりした大陰唇はピンクどころか、深紅色の彩りを見せている。紐状と化したクロッチの両サイドからは、可憐な肉びらがちょこんとはみ出ていた。

妹のあられもない姿など見たくないのに、どうしても視線を外せない。

いちばんの大きな理由は、秘裂と思われるあたりからピンク色のコードが突きでていたことだった。

（ま、まさか……）

見覚えのある光景が脳裏をよぎり、胸をざわつかせる。耳を傾けると、確かに独特のモーター音が股ぐらから響いていた。

「ふふっ、案の定、おマ○コぐちょぐちょだね」

「あぁン、先生ぇぇっ」

槙田はにやにやしつつ、人差し指で大陰唇を撫でつける。恥肉はすでに淫液で濡れ光り、指先とのあいだで濁った糸を引いた。

「股布、捲ってもいい？」

「だ、だめ」

「ローター、取ってほしいんじゃないの？」

悪辣な男は、美玖にも言葉責めを繰り返す。ベビーフェイスが切なげに歪み、剥きだしの乳房が忙しなく起伏した。

十六の乙女が激しい羞恥心を覚えるのは、至極当然のことだ。自分が彼女の歳なら、あまりのショックに精神が崩壊していたかもしれない。

ゴツゴツした手が真横から伸びる。指でつまみあげた細いクロッチが、脇にずらされる。

「あぁあぁン、やぁあぁあっ」

美玖は弱々しい金切り声をあげ、眉根を寄せながら顔を背けた。

「だめだよ。おマ◯コ、隠しちゃ。さあ、よおく見せてごらん」

足が狭まると、槙田は内腿に手をあてがい、無理やり左右に割り開いた。

恥肉はとろとろに溶け崩れ、二枚の花びらが鶏冠のごとく突きでている。陰唇の発達具合は、高校一年の女子とはとても思えない。

紗弥香は唖然とする一方で、口の中に溜まった唾を何度も飲みこんだ。

「あ、くぅぅ」

「どうしたの？」

「は、早く抜いて、おチンチンを挿れて」

「俺のチンポ、ほしいんだ？」

「ほ、ほしいのっ」

美玖は熱い眼差しを槙田の股間に注ぎ、いまだに躍動するペニスを息せき切って握りこんだ。

「これ、これを挿れてほしいの！」

妹がはしたないおねだりをする姿は見たくなかった。

経験豊富な女たらしは、完全に美玖を快楽の世界に貶めたのだろう。

「自分からしごいちゃって。そんなに我慢できないんだ」

「挿れて！　おマ○コに、おチンチン挿れてぇぇっ!!」

口から放たれる卑猥な言葉を、どうしても認めたくない。泣きそうな顔になるも、肉体の疼きは抑えられず、紗弥香の昂奮も緩みなく上昇していった。

牡と牝のフェロモンと熱気が混ざり合い、媚臭と化してクローゼットの隙間から忍びこむ。脳幹が痺れはじめた頃、槙田はローターのコードを引っ張った。

ぱっくり開いた紅色の内粘膜から、卵形の物体が顔を覗かせる。

（あぁ、やっぱり……私に使っていたものと同じだわ）

経験があるだけに、美玖がどれほどの快楽に翻弄されているのかよくわかる。

アダルトグッズは息つく暇も与えず、膣肉を掘り返しているに違いない。

ローターを仕込まれた感覚を思いだし、クリトリスと子宮口が甘くひりつきだす。

指で秘裂に刺激を与えれば、くちゅくちゅと淫らな水音が洩れ聞こえた。

（はぁあぁぁっ）

やるせない心情が肌を焦がし、堪えきれない情欲に身が裂かれそうになる。

いったい、いつまで隠れていなければならないのか。

許されるものならクローゼットから飛びだし、槙田にすがりつきたかった。

今なら、どんな無茶な要求でも受けいれられる。いやらしい言葉で嬲り、めくるめく快美を与えてほしい。

朦朧とした頭でそう思った直後、ローターが膣から引っ張りだされ、美玖が身を引き攣らせるとともに高らかな嬌声を張りあげた。

「ン、おああぁあぁぁッ！」

いつものあどけなさは影も形もなく、狂おしげな表情に変わっている。これが、女の顔というものなのか。

(きっと……私も同じ顔をしてるんだわ)

紗弥香は無意識のうちに、妹の影分身とばかりに気持ちをシンクロさせた。

指先でクリットをこねまわしていると、美玖は大股を広げたまま、下肢をピクピク痙攣させる。

ぽっかり空いた膣口に、逞しい牡の肉を差し入れるのか。またもや嫉妬を覚えた瞬間、槙田はベッドの下から黒い物体を取りだした。

(あ、あ……)

ペニスの形を模したグッズは、インターネットでたまたま目にした覚えがある。間違いなく、女性用のバイブレーターだ。

ディルドウは巨大サイズで、どう見ても、槙田の逸物より大きい。彼は口角を上げたあと、これまたベッドの下から薄い円形の器を取りだした。

蓋を外し、半透明の塗り薬のようなものを指で掬い、バイブの先端にたっぷり塗りたくる。

(な、何……あれ)

もしかすると興奮剤の類いで、自分にも使用されたのかもしれない。

息を潜めて見守るなか、槙田はスイッチを入れ、バイブレーターの動きをこれ見よがしにひけらかした。

黒光りする先端がヴィーンヴィーンと唸りをあげ、激しい回転を繰りだす。

槙田はこちらをチラ見したあと、スイッチをオフにし、バイブの切っ先を濡れそぼつ秘芯にあてがった。

果たして、あんなものを受けいれられるのか。

ぬちゃっという音に続いて陰唇が押し広げられ、先っぽが膣内に埋めこまれる。

失神状態に陥っているのか、美玖は惚け表情で目を閉じていたが、下腹部の異変に気づいたのだろう。すぐさま目を開け、ただし視線はいまだに虚空をさまよっていた。

「今度は、こいつで気持ちよくさせてあげるよ」

「……あ」

股間に目を向けた妹は一瞬たじろぐも、拒絶の姿勢は見せない。

バイブがグイグイと差しこまれる。やはり痛みがあるのか、ただ苦悶の表情で双眸を閉じるだけだ。

いたいけな膣口が、張り裂けんばかりに開いていく。

「ほうら、全部入っちゃうぞ」

ディルドウはさほどの抵抗もなく、根元までみるみる埋没していった。

結局は根元まで咥えこんでしまうのだから、女体の神秘にはひたすら驚嘆してしまう。強烈な圧迫感が襲いかかっているのか、美玖はピクリとも動かず、下肢全体を硬直させていた。

絨毯に爪を立て、歯を食いしばる姿が何とも痛々しい。

「はッ、おあぁぁああッ!!」

槙田の指がスイッチに触れたとたん、黄色い悲鳴が空気を切り裂き、紗弥香は肩をビクンと震わせた。

美玖は顔を左右に打ち振り、身を何度も仰け反らせる。

先ほどのバイブの回転を思い返せば、凶悪なアダルトグッズは猛烈な振動を繰り返し、膣肉をこれでもかとほじくり返しているに違いない。

悶絶という表現がぴったりの乱れように、肉体の中心がカッカッと火照った。

「あン、あン！　先生！　だめっ！　だめぇぇぇっ!!」

「ふふっ、気持ちいいだろ？」

槙田は嗜虐心を満足させているのか、今にも口から涎が垂れそうだ。

妹への辱めはとどまるところを知らず、腕の筋肉を盛りあげ、凄まじいスピードでバイブの抜き差しを繰り返した。

「きゃふッ、はあッあッ、い、やはあぁぁあぁッ!!」

結合部から淫液がしぶき、絨毯にパタパタとこぼれ落ちる。

恥肉が充血し、肉びらがさらに外側に捲れあがる。

美玖は泣き顔で絹を裂くような悲鳴を轟かせていたが、巨大な快楽に翻弄されているのはよくわかった。

(き、気持ち……いいんだわ)

あれだけ激しい抽送を繰りだされたら、ローターよりも確実に大きな快美を与えられている。

自分もバイブを挿入され、膣肉を無茶苦茶に掻きまわされたかった。

いや、肉の楔で女芯を貫かれ、一刻も早くもどかしい思いを解消したいという本能に衝き動かされた。

「あっ！　あっ！　先生、イッちゃうっ！　イッちゃう‼」

「いいよ、イッても。何回でもイカせてあげるからね」

槙田の施しを、何の躊躇もなく受けいれている妹が羨ましい。

「あっ、激し、やっ、だめっ、だめぇぇぇっ‼」

ヒップが小刻みにバウンドし、肉づきのいい内腿がひくつきはじめる。

（イ、イキそうなんだわ）

そう直感した紗弥香は、バイブのピストンに合わせ、左指でクリットをこねくり、右指で膣への抜き差しを繰り返した。

（あ、あ……こっちも……イキそう）

肉体が歓喜に喘ぎ、熱の波紋で思考が蕩ける。内圧が上昇し、情欲の戦慄に背中がゾクゾクする。

「あッイイッ、すご……イイイイッ！　イクイクっ……イックぅぅぅぅンっ‼」

美玖はエクスタシーに達すると同時に足をピンと突っ張らせ、反動から絨毯の上へ仰向けに崩れ落ちた。同時に、紗弥香も官能の頂点を極める。

(イクっ、イクっ……イックぅっ)

腰を何度もしゃくり、女の悦びを心ゆくまで受けとめたとたん、淫裂からジャッジャッと大量の潮が吹きこぼれた。

理性も意識も霞がかり、もはや何も考えられない。

お漏らしした認識さえなく、少女は息が震えるほどの快美に心酔した。

槙田が身を起こし、含み笑いをこぼす。そして怒張を握りしめ、美玖の股のあいだに腰を割りこませた。

「美玖ちゃん、お望みどおりにチンポを挿れてあげるよ」

「ン……ンぅ」

にちゅりという音に続き、甘ったるい声が耳にまとわりつく。

バツンバツンと肉の打音が響きはじめると、紗弥香はようやく現実の世界に引き戻された。

顔を上げれば、美玖は大股を開き、男根を乙女の秘園に迎え入れている。

逞しい腰がスライドし、赤黒い棍棒が猛烈な勢いで抜き差しを繰り返した。

「ン、は、やっ……」

「や、じゃなくて、気持ちいい、だろ？」

「はふン、せ、先生」

「ふふっ。あまりの膨張率で、チンポが無感覚になってる。これなら、何度もイカせられるよ」

槙田はそう囁き、腰の律動をトップギアに跳ねあげる。

眼前で繰り広げられる激しいセックスを、紗弥香はボーッと見つめていた。

もちろん、他人の営みを目にするのは初めてのことだ。

ずちゅん、ずりゅん、ズプッ、ぎちゅ、じゅぱん、ゴチュン、ゴリュっ！

恥骨同士がかち当たり、結合部から卑猥な音が響き渡る。

いやらしい匂いがプンプン漂い、鼻腔から忍びこんでは脳幹を刺激する。

（あ、あぁ……）

獣じみた腰づかいに圧倒され、紗弥香は二人の交接を羨むばかりだった。

意識はまだ朦朧としており、またもや牝の本能だけが覚醒する。

指先で肉芽をあやしただけで腰が引き攣り、甘美な感触が中心部から全身に伝播していく。

美玖は待ちに待った結合に神経を集中させているのか、身体を弓状に反らし、腰を激しくくねらせた。

「あぁぁぁあぁっ！　先生、いいっ！　気持ちいいよぉ!!」

「もっともっと気持ちよくさせてあげるよ」

腰を抱えあげ、怒濤のピストンを繰りだし、臀部をグリッグリッと回転させては牡肉を膣深くに叩きこむ。

「いっ、ひぃぃいいぃいっ!!」

美玖は奇妙な悲鳴をあげ、ヒップを何度もバウンドさせた。

顔はもう汗まみれの状態で、ほつれ毛が頬にべったり張りついている。

「あぁぁあン、いいっ！　おマ◯コ、いいっ!!」

嬌声が耳にまとわりつくたびに、紗弥香の性感も高みに向かって突き進んだ。

（はぁあぁ……ほしい、私もほしい）

舌先で唇を何度もなぞりあげ、左手で乳房を引き絞り、右手の指で疼く肉豆を掻きくじる。性感が研ぎ澄まされ、股ぐらからふしだらな牝臭がムワッと立ちのぼる。

槙田が腰の律動をストップさせると、美玖は鼻にかかった声で催促した。

「やっ、やっ、ぁぁぁン、先生、もっと、もっと突いてっ！」

「淫乱なお嬢ちゃんだな、こうか！」

「ひゃンっ⁉」

肉の楔をズシンと送りこみ、今度はストロークの短いピストンで膣奥を穿つ。

ニヒルな男のスタミナは無尽蔵で、強烈なピストンは果てしなく続いた。

「あ、あ、イクっ、イキそう」

「ふっ、今度はそんな簡単にイカせないよ」

「イクっ……あ、やぁあぁぁあぁっ！」

絶頂間際、槙田は再び腰のスライドをストップさせ、美玖はやるせなさそうな表情で身をよじった。

自分も、同じ責めを何度されただろう。

焦らされれば焦らされるほど、性感は追いたてられ、より強大な快感を吹きこむのだ。おそらく美玖は、脳みそが爆発するような感覚に包まれているに違いない。

槙田は寸止めを繰り返し、妹の性感を執拗にあおった。

「あぁ、あぁ、やぁっ、やあぁあぁぁっ！」

美玖は眉をくしゃりとたわめ、いつまで経っても満たされない情交に喉を絞ってよがり泣く。

「こういうときは、何て言うんだっけ？」

「はあはあ……イカせて……イカせてください」

眉尻を下げ、か細い声で哀願する表情は性の奴隷そのもの。卑劣漢にひれ伏す妹の姿は見たくなかったが、今の自分も似たような状況なのだ。

愛欲の炎に身も心も灼き尽くされ、性感覚が剥きだしになる。

（あぁ……ほしい、ほしい）

喉をコクンと鳴らした瞬間、槙田は怒濤のピストンを再開しつつ、クローゼットに手を伸ばした。

（……あ）

扉が開け放たれ、はしたない姿が晒されても、正常な思考が働かず、現実のこととして認識できない。

恍惚の世界にどっぷり浸ったまま、とろんとした目で二人の情交を眺める。

「さ、こっちに来て。美玖ちゃんといっしょに、かわいがってあげるから」

飼い主の命令を受けた犬のように、紗弥香は喜び勇んで槙田に飛びついた。

無我夢中で唇に吸いつくや、浅黒い手が股ぐらにすべりこみ、疼く女芯をくじられる。

「あ、あ、はぅぅぅンっ」

たったそれだけの行為で女の悦びに打ち震え、一瞬にして軽いアクメに達した。

「お、お姉ちゃん」

美玖の驚きの声は、もはや耳に入らない。

今の紗弥香は、牝の本能だけに衝き動かされていた。

4

夢か幻を見ているのではないか。

突然、飛びだしてきた姉の姿に、妹は茫然自失するばかりだった。

彼女は、いつからクローゼットに潜んでいたのだろう。

胸の奥が軋み、どす黒い感情が一気に噴きだす。

もしかして……とは思っていた。

二日前、図書室に行った際、美玖は書棚の陰で二人が寄り添う姿を目撃してしまったのだ。何を話しているのかはわからなかったが、どう見ても、姉の様子は普通ではなかった。

落ち着きなく視線を逸らし、ときおり媚びた目で槙田を仰ぎ見る。あんな表情を目にするのは初めてのことで、不安に胸が押しつぶされそうになった。

男が美人の姉に惹かれるのは仕方がないとわかっていても、教育実習生も例外ではなかったという事実が大きなショックを与えた。

彼の顔が息がかかるほどの距離まで接近したとき、紗弥香は拒絶もせずに頬を染めて俯いた。

ただならぬ関係だと直感した美玖はいたたまれず、逃げるように図書室をあとにしたのである。それでも槙田を、姉を信じたかった。

たまたま、実習生と教え子の仲のいい光景を垣間見ただけ。彼が好きな女の子は姉ではなく、自分なのだ。そう思いこもうとした。

予定より一時間も早く来訪したのは、どうしても拭えない不安を解消したいという思いが働いたからだ。

友だちと会うと言って外出した姉は、槙田のもとに向かったのではなかった。

単なる取り越し苦労、思い過ごしだったのだと、ホッとしたのだが……。

(槙田先生、お姉ちゃんとも……つき合ってたんだ)

紗弥香は自分と同じく、淫らなレオタードを身に着けている。胸元から片乳が飛びだし、股布はずれて女肉が剥きだしになっていた。

顔から足の爪先まで汗まみれになり、一も二もなく槙田の唇に貪りつく姿をどうしても認めたくない。

目の前の女性は、本当におとなしくて生真面目な姉なのか。

(お姉ちゃん……ひどいよ。私のものを横取りするなんて)

嫉妬の感情が芽生えた瞬間、膣内を穿つ男根の抜き差しがいっそう熱を帯びた。

「ン、ふぅっ!」

今度は快楽の渦に巻きこまれ、再び思考回路がショートしはじめる。

槙田との情交は、これまで味わったことのない肉悦を身体に吹きこんだ。

膣内に埋めこんだローター、バイブレーターの強烈な回転と振動も。身も心もとろとろに蕩かされ、軽いアクメを含めれば、何度エクスタシーに達したことか。

ジェラシーや怒りの感情は快美に押しやられ、性感が再び上昇のベクトルを描いていく。

「はっ、やっ、ちょっ……せ、先生っ!」

泣きそうな顔で見上げると、槙田は紗弥香の舌を搦め捕っていた。さらには右手が彼女の股間に伸び、指先がツンと突きでた肉芽をあやしはじめる。

彼は姉の身体をまさぐりながら、腰を激しくしゃくっているのだ。

「おおっ、美玖ちゃんのおマ◯コ、すっかりこなれてチンポに絡みついてきやがる」

「く、くふぅぅっ！」

性感は高みに近づいているのだが、衝撃の展開に気持ちがついていかないのか、のぼりつめられない。

ただでさえ、はしたない姿を姉にさんざん見せつけてしまったのである。このうえ、絶頂に導かれた姿など晒せるはずもなかった。

何としてでも、膣からペニスを抜いてもらわなければ……。

理性を必死に手繰り寄せたところで、姉の唇のあいだから思いも寄らぬ言葉が放たれた。

「先生、私にもちょうだい！」

聞き間違えか、幻聴かと思った。呆然と仰ぎ見れば、彼女の目は焦点がまったく合っていない。妹の存在など、ここにあらずといった様子だった。

「そんなにほしいんだ？」

腰の律動を止めることなく、槙田がにやりと笑う。

「ほしいっ、ほしいわっ！　早くっ」

「困ったな。この状況で、すぐにはやめられないよ。美玖ちゃんをイカせてあげないと、かわいそうだろ？」

そう言いながら、憧れの彼はマシンガンピストンで膣内を攪拌した。

「ン、ふっ⁉」

性感がボーダーラインを行ったり来たりし、意識が一瞬遠のく。紗弥香が初めて視線を向けてくると、ガラス玉のような瞳に背筋がゾクリとした。

（お、お姉ちゃん……いったい、どうしちゃったの？）

催眠術にかけられたのか。それとも自分以上の快楽を吹きこまれ、性の奴隷に貶められたのか。

明快な答えを導きだせず、ただうろたえるなか、槙田は悪魔のような指示を平然と突きつけた。

「美玖ちゃんを、イカせてあげなよ。そうすれば、すぐにでも紗弥香ちゃんを気持ちよくさせてあげられるから」

ギョッとして頭を起こした瞬間、またもや鋭い突きが膣奥に見舞われる。

「ン、く、ひっ！」

身を仰け反らせたところで、紗弥香は剥きだしの乳房に覆い被さってきた。

「あっ、お、お姉ちゃんっ……ひ、ぃいぃいっ⁉」

疼きたつ木イチゴが舌先で転がされ、はたまた甘噛みされる。さらに彼女は右手を挿入口に伸ばし、理性を解放するスイッチをいじりまわした。

「あっ、だめっ、かはッ、ンあ、がッ、はあぁあぁぁっ！」

「そう、そうだよ。ねちっこく攻めてイカせてあげるんだっ！」

姉の後方から歓喜に満ちた声が聞こえ、ピストンがいちだんと加速する。

乳首、陰核、膣内の三点責めに、美玖は慟哭に近いよがり声を張りあげた。

「ンはっ、ンむっ、やはっ、はひン、ンぷ、く、おうおぉおぉッンっ‼」

自制心は根こそぎ快楽の濁流に呑みこまれ、脳幹が性感一色に占められる。

強大な性電流が肌の表面を走り抜け、勢子に追いたてられた鹿のように崖っぷちへ追いこまれる。

「お姉ちゃん、お姉ちゃぁぁンっ！」

必死の形相で絶叫するも、舌と指は繊細な動きを繰り返し、妹は呆気なく我慢の限界を飛び越えた。

「あ、あ、イッちゃう、イッちゃう」

乳首を甘噛みされ、指先が肥厚したクリットをこねくりまわす。同時にズシンと、雄々しい波動が子宮口に打ちつけられ、美玖は法悦のど真ん中に身を投じていった。

「あぁわ、んおっ、お、おおっ、イグっ、イグっ、イグゥゥっ！」

巨大な悦楽の暴風雨に巻きこまれ、全身の毛穴が一斉に開く。

肉棒が膣から抜かれても、美玖はバネ仕掛けのおもちゃのごとく身をバウンドさせ、淫裂から透明な液体をしぶかせた。

「おおっ！　美玖ちゃんも潮を吹いたぞ」

槙田の声は耳に届かず、今は自分がどこにいるのかもわからない。

桃源郷の世界に放りこまれた美玖は、恍惚の表情で究極ともいえる快楽をじっくり噛みしめていた。

5

妹の性感ポイントを刺激しつづけ、ついに絶頂まで追いつめてしまった。

もう一人の自分が罪悪感を覚えるも、肉体の疼きには代えられない。まるで、心と身体が完全に分離してしまったかのようだった。

恥肉の狭間から抜け落ちた肉棒は、大量の愛液をまとってどろどろだ。紗弥香は身を起こすや槙田にすがりつき、いまだに硬直を崩さない怒張を握りしめた。

「はふン、先生……ほしい」

唇に貪りつき、口をこじ開けて自ら舌を潜りこませる。

口内粘膜を舐めあげ、頬を窄めては唾液をじゅっじゅっと啜りあげる。

教育実習生が痴漢の犯人だと知ったとき、自分がこれほど堕落した人間になろうとは思いもしなかった。

槙田の寵愛を受けるべく、その気になってもらおうと、積極的なキスに続いてペニスをしごきたてる。秘裂からは淫液が絶えず滴り落ち、肉体の中心部は紅蓮の炎と化していた。

「ンっ、ふっ、先生、は、早く」

「わかったわかった。それじゃ、美玖ちゃんの身体を跨いでくれる？」

「……え？」

「後ろを向いて、お尻を突きだすんだ」

困惑したものの、今はためらっている余裕はない。言われるがまま身体を跨いだところで、いやでも美玖の顔が視界に入った。

うっとりと目を閉じる姿に、胸の奥がチクリと痛む。罪のないあどけない表情は、自分がよく知っている妹のものだ。

（美玖……ごめん。お姉ちゃんを許して）

まさか、槙田が妹に手を出していたとは考えもしなかった。

こうなるとわかっていたら、何としてでも阻止したものを……。

今となっては、己の弱さと優柔不断さが恨めしい。

人間らしい心を取り戻したのも束の間、尻肉が割り開かれ、亀頭の先端が淫裂にあてがわれるや、頭の中は瞬時にしてバラ色の靄に包まれていった。

「ふふっ、おマ◯コがぱっくり開いちゃって、愛液でベタベタだ。お望みのチンポ、たっぷり挿れてあげるよ」

「あ、あ、あ……」

息が詰まるほどの圧迫感に唇を嚙み、男根の侵入を待ち受ける。挿入前から肉悦が全身に吹きすさび、乳頭と陰核がズキズキとひりついた。

「はひっ⁉　く、くふぅぅンっ‼」

宝冠部が膣口をくぐり抜けた刹那、青白い稲妻が脳天を貫き、あっという間にエクスタシーに導かれる。

肉筒が膣内に埋没していく最中、絶頂の高波は途切れることなく打ち寄せ、少女をまたもや淫楽の世界に引きずりこんだ。

待ちに待った肉の重い衝撃は予想以上の快楽を与え、脳細胞が歓喜の渦に巻きこまれる。思わず美玖にしなだれかかったところで、猛烈なピストンに紗弥香は目を見開いた。

「くっ、はぁあぁぁぁぁあぁっ‼」

「気持ちいいかい？　まだまだ、こんなものじゃ終わらないよ」

槙田の下腹がヒップをバチーンバチーンと打ち鳴らし、身体が前後に激しく揺すられる。まがまがしい牡の肉は甘襞を巻きこみ、深層めがけて何度も奥突きを繰り返した。

「あっおう、おおっ、ンはぁっ、ひあぁあぁぁあっ‼」

雁首が膣壁をゴリッとこすりたて、媚肉がキュンキュンとうねりだす。

「い、いいっ！　き、気持ちいい、いいのぉぉおっ‼」

高らかな嬌声をあげると同時に、目から涙が溢れこぼれた。

悲愴感からなのか、性の悦びに感動したのか、今や自分の心境は推し量れない。

ただ本能の赴くまま、喉を絞ってよがり泣くばかりだった。

「……お姉ちゃん」

涙で霞んだ瞳に、美玖が悲しげな眼差しを向けているのが映る。

「み、美玖」

「あ、ンむぅ」

無意識のうちに唇を重ね合わせ、かわいらしい舌を搦め捕る。

槙田とは違う甘やかな味覚と芳香に安堵すれば、性感はなおさら高みに押しあげられた。

「おっ、美玖ちゃん、気づいたか？」

「ンっ、むふっ、ンふぅぅぅっ」

熱い息が口中に吹きこまれ、美玖が眉間に皺を刻んで腰をくねらせる。どうやら、槙田が指で彼女の恥芯を撫でさすっているらしい。

（ンっ⁉）

渾身のグラインドで膣肉を掻きまわされると、官能の嵐が全身に吹き荒れた。

逞しい腰がしゃくられるたびに、まばゆい光の中に吸いこまれていく。

紗弥香は唇をほどき、たまらず天を仰いだ。

「いっ、ひぃやぁあぁぁっ！」

「ンっ、ふわぁ、また、またイッちゃう！」

絶頂を告げる妹の声が耳朶を打ち、姉もまた性の頂に向かって駆けのぼる。

（あぁあぁ、イクっ、私もイッちゃう！）

めくるめく快美に総毛立った瞬間、膣からペニスが引き抜かれ、当てが外れた紗弥香は肩越しに切なげな視線を送った。

「あっ、やっ！」

「お姉さんばかりじゃ、妹さんがかわいそうだろ？」

槙田はうれしげに呟き、男根の根元を手で押さえて下に向ける。にゅちゅちゅちゅうっという音に続き、今度は美玖の身体が前後に揺さぶられた。

「あっ、はぁあぁぁぁあっ」

ベビーフェイスがくしゃりと歪み、頬がまたもやピンクに染まっていく。

（あ、あたしも……イキたい）

リビドーを解放した紗弥香は、自身の股ぐらに忍ばせた指でクリトリスをこねまわした。

ヒップを左右に振っておねだりし、逞しい牡茎の再挿入をひたすら待ちわびる。

「先生っ！　私にも挿れてぇぇっ!!」

切羽詰まった声で訴えれば、槙田は全身から汗を噴きださせ、美玖の膣から引き抜いた男根を蜜壷にずっぽり差しこんだ。

「かはッ、ンあ、がッ、ンおあああッ、あぁぁぁあッ!!」

ロングヘアを振り乱し、満足感に浸りながら高らかな嬌声を張りあげる。ヒップをグラインドさせ、逃すものかと剛槍を媚肉で引き絞る。

「あっ、イクっ、イッちゃう！」

頂上に達する間際、ペニスは無情にも引き抜かれ、空回りする淫情は噴きこぼれる寸前まで沸騰した。

何度も同じ手順を繰り返されるたびに子宮の奥が灼かれ、性感覚を炸裂させた紗弥香はまだ見ぬ未知の世界に飛びこんだ。

「いや、いや、いやぁあぁぁぁぁあぁっ！」

「お、お姉ちゃん」

「ンっ、ふっ、ンぅぅっ」

今度は美玖が唇を押しつけ、互いに舌を絡まらせては至高の肉悦を共有する。

「あぁ、たまらんっ！　最後は、お姉さんのほうでイカせてもらうよっ!!」

槙田の欲望も、暴発直前まで差し迫っているらしい。

裏返った声が鼓膜に届くや、腰を抱えられ、砲弾を撃ちこむようなピストンが繰り

だされた。

「ンはッ、ンおッ、おっ、おぉぉおぉぉっ‼」

芯部で火薬が大爆発を起こし、情欲の戦慄に五感が麻痺する。

愛欲の炎に包まれ、茫洋とした意識の中で倒錯的な愉楽を貪り狂う。

「ぬ、おおぉぉぉぉっ！」

槙田の獣じみた声が室内に轟いた直後、掘削の一撃を子宮口に見舞われ、紗弥香は悦楽の極みにのぼりつめた。

「くッ、はッ！　イッ、くっ！　イクイクっ、イックぅぅぅンっ‼」

美玖の切なげな眼差しすら視界に入らず、全身をひくつかせては秘裂から大量の潮をほとばしらせる。

ペニスが膣から引き抜かれると同時に、脱力した姉は妹のとなりへ仰向けに崩れ落ちた。

槙田が牡肉をしごきつつ、鬼のような形相で身体を跨いでくる。

「イクぞっ！　口を開けてっ‼」

姉妹は言われるがまま、顔を寄せ合った体勢で口を開け放った。

眼前で肉根がビンビンになり、亀頭冠が真っ赤に張りつめる。

青膨れの静脈がドクンと脈動した直後、尿道がおちょぼ口を開き、鈴割れから濃厚な樹液がびゅるんと飛び跳ねた。

「ぬっ！　う、おおぉぉぉぉっ!!」

「あ……ンっ」

牡のエキスは紗弥香の口元から鼻筋に打ちつけられ、二発目は舌の上にぶちまけられた。

槙田はペニスを横に振り、三発目の牡汁を美玖の口中にほとばしらせる。

「まだまだ出るぞっ！」

欲望の排出は衰えることなく、立てつづけの放出を繰り返し、姉妹の容貌を白濁に染めていった。

「はあはあはあ」

肩で息をする槙田の気配を肌で感じる。生臭い精液臭が鼻腔にへばりつく。

脳幹がジンジン痺れ、こってりした淫液をぶちまけられた顔は火傷しそうなほど熱かった。

無意識のうちに目を開け、残滓を滴らせる男根にうっとりした眼差しを送る。

頭を起こし、さも当然とばかりに唇を寄せれば、となりから美玖が手を伸ばし、ザーメンまみれのペニスに貪りついた。

「ン、ふっ、ンぅぅっ」

薄い舌が亀頭冠に被さり、うねりくねっては汚液をこそげ落としていく。

「あぁ……やっ」

姉は慌てて男根を奪い取り、唇を窄めて尿道口をチューチューと吸いたてた。妹も負けじと肉胴の横から舌を這わせ、お掃除フェラでペニスを清めていく。

「そう、そうだ……きれいにするんだぞ」

堕淫の世界に堕とされた姉妹に、もはや理性やモラルは少しも残っていなかった。

愛しいものを慈しむように男根を舐めあげ、ときには美玖と舌を絡ませて牡の匂いをたっぷり味わう。

背徳の愉悦にまみれた紗弥香は、再び軽いエクスタシーに達していた。

エピローグ

槙田が学園を去ってからひと月が過ぎ、紗弥香は平穏な日々を取り戻していた。見かけ上は……。

部活を終えて下校し、やや疲れた表情で帰りの電車に乗りこむ。どんよりした空を窓から眺めつつ、少女は卑劣漢との忌まわしい二週間を振り返った。

今となっては、どうしても現実のこととは思えない。

痴漢行為に続く強制口唇奉仕、さらにはバージンを奪われ、妹を巻き添えにしてまで快楽に耽ってしまったのである。

美玖にはすべての事情を話し、謝罪もしたのだが、よほどのショックを受けたのか、しばらくのあいだは部屋に閉じこもって塞ぎこんでいた。

先週あたりから普通に会話は交わしていたが、心の傷が癒えないのか、部活にはいまだに参加してこない。

無垢な妹は槙田の面影が忘れられないらしく、彼の住んでいたマンションを訪問したようだ。

表札のない部屋の前で立ち尽くしたという話を聞いたとき、胸が締めつけられるほど苦しくなった。

あの男はとんでもない犯罪者だった、交通事故に遭ったと思って忘れよう。

美玖を元気づけるとともに、自分自身に言い聞かせた。

だが、妹の純真な気持ちを踏みにじった罪は大きく、槙田に対して殺意にも似た感情がふと湧き起こる。

忘れようとしても忘れられず、紗弥香のほうでも精神のバランスを保つだけで精いっぱいだった。

(あんな男のことをいつまでも考えてるなんて……時間の無駄だわ)

窓ガラスに雨の雫が降り注ぐ頃、電車は次の駅に到着し、多数の乗客が乗りこんでくる。どうやら、ラッシュアワーが始まったらしい。

乗降口の手前まで移動するも、それほどの混雑ぶりではなく、紗弥香は発車と同時に安堵の吐息をこぼした。

次の土曜日は、美玖とテーマパークに行く約束をしている。

少しでも、明るさを取り戻してくれるといいのだが……。

(きっと……きっと、時間が解決してくれるはずだわ)

そう考えた直後、下腹部にもぞもぞとした感触が走った。

ヒップを撫でさする手にトラウマが甦り、俯いて身を竦ませる。

(ど、どうしよう)

今の自分は、以前のか弱い自分とは違う。はっきり拒絶するのだ。勇気を振り絞り、顔を上げた瞬間、紗弥香は窓ガラスに映った男の顔にハッとした。

「ふふ、久しぶりだね」

「せ、先生」

槙田が再び目の前に現れ、唇が青ざめていく。慌てて振り返ると、彼は手を引っこめ、満面の笑みを浮かべた。

周りの乗客らは顔見知りだと思ったのか、不審の目は向けてこない。

一瞬にして腋の下が汗ばみ、心臓が早鐘を打ちはじめた。

「ど、どうして?」

「いや、留学するつもりだったんだけど、気が変わってね。結局、やめることにしたんだ。昨日、帰国したばかりだよ」

「……え?」

槙田はバツが悪そうに頭を掻き、耳元に口を近づけてくる。

「だって、もったいないだろ？　せっかく美人姉妹とお近づきになれたのに、このまま終わりにしちゃうなんて」

「そ、そんな……」

悪夢の二週間を思い返したとたん、今度は背中が凍りついた。

「もとの大学に戻って、卒業することにしたんだ。教師になるかどうかは、まだ思案中だけど」

怒り、憎しみ、不安、恐怖。すべての感情が交錯し、次の言葉が出てこない。

「あの部屋は解約しちゃっただろ？　これから不動産屋を回って、物件を探すつもりなんだ」

また、同じ町に住むつもりだろうか。

だとしても、二度と接触してこないよう、釘を刺しておかなければ……。

弱気の虫を追い払い、心を奮い立たせて睨みつける。その直後、電車がカーブに差しかかり、槙田が身体を押しつけてきた。

一瞬の隙を突かれ、右手がスカートをかいくぐる。

あっと思ったときには、すでに指先は足の付け根に到達していた。

腰をよじって脱出しようとするも、甘美な性電流が背筋を這いのぼり、身体に力が入らない。

（や、やめて……ください）

言葉すら発せられず、呆然とするなか、槙田は敏感な箇所をまさぐりながら甘く囁いた。

「ホントのこと言うと、紗弥香ちゃんのことが忘れられなかったんだ。だって、こんなに美人で素敵な女の子、アメリカにだっていないんだから」

うわべだけのセリフだとはわかっていても、胸の奥がキュンと疼き、全身の血が滾りはじめる。

「紗弥香ちゃんのことを思いだして、何度もオナニーしちゃったんだよ。もう一度、おマ○コをベロベロ舐めたいな」

「あ、あ……」

「俺のチンポ、今でも君の専属のおもちゃなんだからね。いつでも好きなときに触ったりいじくったり、しゃぶったりできるんだから」

「やっ、ンっ」

卑猥な言葉が鼓膜を揺らした瞬間、頑なだった気持ちは氷のように溶け、代わりに薄れかけていた牝の淫情が目を覚ました。

いや、正確に言えば、薄れていたわけではない。

紗弥香のほうでも、槙田との不埒な行為を思いだし、何度か自慰行為に耽ってしまった。そのたびにひどい自己嫌悪に苛まれ、ともすれば頭をもたげる性衝動に蓋をしていただけなのだ。

「ね？　たっぷり、かわいがってあげるから」

「あ、ンっ⁉」

まさに、電光石火の早業。無骨な指先がパンティの裾から忍びこみ、恥裂に沿って撫であげる。陰核を爪弾かれたとたん、自分の意思ではとても抑えられない快楽が身を覆い尽くした。

（いやンっ、だめっ、だめです……は、あぁあぁぁン！）

心の中で拒絶する一方、細眉をたわめ、唇のあわいから湿った吐息をこぼす。

指の律動に合わせて腰をくねらせ、自ら女芯を押しつけては性感を高める。

美少女の恥裂は、すでに大量の淫蜜でぬめり返っていた。

Impression

感想募集　本作品のご意見、ご感想をお待ちしております

このたびは弊社の書籍をお買いあげいただきまして、誠にありがとうございます。リアルドリーム文庫編集部では、よりいっそう作品内容を充実させるため、読者の皆様の声を参考にさせていただきたいと考えております。下記の宛先・アンケートフォームに、お名前、ご住所、性別、年齢、ご購入のタイトルをお書きのうえ、ご意見、ご感想をお寄せください。

〒104-0041　東京都中央区新富1-3-7ヨドコウビル
㈱キルタイムコミュニケーション　リアルドリーム文庫編集部

◎アンケートフォーム◎　**http://ktcom.jp/goiken/**

公式サイト
リアルドリーム文庫最新情報はこちらから!!
http://ktcom.jp/rdb/

公式Twitter
リアルドリーム文庫編集部公式Twitter
http://twitter.com/realdreambunko

リアルドリーム文庫184

穢されたレオタード姉妹
淫虐の校内調教

2019年6月6日　初版発行

◎著者　早瀬《はやせ》真人《まひと》

◎発行人
岡田英健

◎編集
野澤真
鈴木隆一朗

◎装丁
マイクロハウス

◎印刷所
図書印刷株式会社

◎発行
株式会社キルタイムコミュニケーション
〒104-0041 東京都中央区新富1-3-7ヨドコウビル
編集部　TEL03-3551-6147／FAX03-3551-6146
販売部　TEL03-3555-3431／FAX03-3551-1208

ISBN978-4-7992-1255-4　C0193